神坂四郎の犯罪

tatsuzo
ishikawa

石川達三

P+D
BOOKS
小学館

目次

神坂四郎の犯罪

1

（今村徹雄の陳述）

神坂を三景書房に就職させたのは僕です。だから神坂の今度の事件、と言っても自殺幇助の方は関係はありませんが、業務上横領の方については僕にもちょっと責任がある訳です。

僕は文明評論とか社会評論とかいうものを書いているもんですから、そんな関係で日本文化という雑誌の編集長をしていた神坂と知りあいになったんです。その時分はとても良いやつでした。気象のさっぱりした、仕事熱心な、そして人なつっこい青年だと思っていました。僕はどっちかと言えばすぐ人に惚れ込む方だもんですから、神坂をとても好きになっちゃって、一緒に銀座や新宿の酒場を飲み歩いたこともたびたびありました。僕のうちへ引っ張って帰って、酒を飲んで、うちへ泊らせたことも五遍や七遍じゃきかないでしょう。そんな時の神坂は相当に酔っているくせにひどく鄭重で、礼儀正しくって、うちの女房なんかもとても気持の良い人だと言って感心していました。女房の親戚に二十六になる娘があって縁談を頼まれていたもんですから、一ぺん神坂さんと見合いをさせたらどうだろうなんて言っていたもんです。しかし僕は、神坂自身では独身だと言い張っていましたが、どこかに女がいるに違いないと感じていたもんですから、縁談の方は問題にしなかったんです。

なぜ女があると僕が感じたかと言うと、一緒に酒場なんかへ行った時の、女に対する態度が馴れているんです。馴れているというよりもむしろ軽蔑しているんですね。平常僕らに対する態度があれほど鄭重なのに、酒場の女たちに対する時は俄然横柄になって、鼻の先であしらうとか、顎で用事を言いつけるとかいう風でした。僕のうちで女房に挨拶する時などと比べて、同じ人間とは思えないような変り方をする。こういう男の態度というのは、身辺に女を持っていなくては出来ないものなんです。

それからもう一つは、あれだけ才気の働く男で、あれだけ金使いが荒くて、女がいない筈はない。そのとき神坂は三十になっていたと思うんです。あの男は三十まで独りで静かにしていられる男じゃないと僕は思っていたんです。ですから僕はその人柄とか仕事の上の事では信用していましたが、私生活の方は信用していなかったんです。

知りあいになってから一年ほど経って、神坂がある日僕のうちを訪ねて来まして、日本文化社の社長がわからず屋でけちで、仕事が面白くない、腕を振う余地がなくて退屈だから、やめてどこかへ変りたいという相談をもちかけて来ました。日本文化社の社長というのは僕も知っていますが、単なる事業屋で慾張りで、神坂の不満も尤もだと思える節が多かったもんですから、そんならどこか良い所を探してやろうという事になって、それから一ヵ月ほど後に三景書房に就職させることになったのです。

三景書房は前から知りあいでしたし、新しく文化雑誌を出す計画があったもんですから、その雑誌の編集長に推薦した訳です。そして神坂の手によって創刊されたのが東西文化という雑誌なんです。それと同時に僕は三景書房の希望にしたがってその雑誌の編集顧問という立場についた訳です。顧問と言っても責任はなにも無い、まあ編集のことについて神坂の相談相手になるというくらいの立場です。

そういう訳で東西文化の創刊以来、僕と神坂との関係は一層ふかくなりましたので、一週間に一度や二度はきっと会うし、会えば街へ出て一緒に酒を飲む習慣でした。

僕はいわゆる梯子酒というやつで、街で酒を飲むとなると一軒では済まない、きっと三ヵ所ぐらい廻らないと終りにならないのですが、その辺のこつを神坂はちゃんと心得ていて、頃合いを見はからっては、

「先生、ひとつ河岸を変えましょうか」と立ち上る気配を見せる。その調子に釣られて僕も、

「よかろう」と立って、勘定を払おうとすると酒場のマダムはきっと、

「もう神坂さんから頂きました」と言うんです。神坂はそういうやつでした。実に気が利いているんです。また、そういう時に気を利かすだけの金を必ず用意しているやつでした。そして僕の馴染みの酒場を知っているもんですから、

「先生、太陽のおさきちゃんの所をのぞいて見ましょう」とか、

「先生、コロンボのミキの所へ行きましょう」とか言って僕をさそい、僕の鞄を持ってさっさと僕を引っ張って行くんです。こっちはそんな風にされるとつい、家来でも連れているような

気持になってついて行く。そうすると次の酒場へはいるなり、
「おい、今村先生を連れて来たぞ。ビールを持って来いビールを。それからハムがあるだろう。チーズでもいいや。早く持って来いよ」という工合で、実に景気がよくて、柄にもなく一種の大尽風を吹かせるんです。

これは神坂の持っていた一つの性格です。あいつはもしかしたら非常に孤独な男だったかも知れないと、僕は今になって思うんですが、その孤独を自分で感じたくない、その孤独から自分が逃れたいために、身の程知らずの大尽風を吹かせて高い勘定を払ったり、大して酒好きでもないのに僕のお伴をして飲み歩いたりしたのではないかという気もするんです。たしかに神坂は淋しいところを持った男でした。酒場でそれだけ大尽風を吹かせていながら、女たちと散々なじみになっているくせに、女から好かれたことの無い男でした。流行のしゃんとした洋服を着て、洒(しゃ)落れたネクタイをしめて、靴を光らせて、容貌もなかなか渋い味のある顔だし、気の利いた、歯切れの良い男なんですが、それでいて女たちに好かれてはいなかった。

それはやはり女の敏感さだったかも知れませんね。そういう金づかいの荒さとか気の利いたふるまいとかいうものの中に、女はなにかしら虚偽を感じていた、舞台の演技のような一種の演技を感じていたのではないかと思うのです。その演技に僕は永いあいだ気がつかなかった。ずっと後になって、つまり今度の事件が起る直前ぐらいになってから、その演技を感じて、神坂というやつは何というかわいそうな男だろうと思いました。

本当にかわいそうなやつなんです。神坂の本質はとても貧弱なんです。気が弱くって、何をするにも自信がなくて、狐疑逡巡（こぎしゅんじゅん）するという風で、編集についてはずいぶん才能がありそうに見せかけていましたが、本当はそんな才能も何も無かったんです。それがだんだん僕には解って来ました。それが解って来たもんですから、神坂が酒場で威張る気持もわかったんです。

酒場で威張ったというのが、本当は女たちに対して虚勢を張っていたというよりも、僕に対して虚勢を張っていたんですね。つまり、三景書房に彼を推薦したのは僕であり、僕は顧問である。その僕から絶対の信用がほしかったんです。僕一人をしっかりつかまえて置けば自分は安全だという風なけちな計算です。従って彼の演技というのも女たちに見せる為のものではなくて、僕に見てもらいたい為の演技だったのです。

そう思って彼を見ていると、たしかに彼は酒場以外のところでも僕の前で演技をやっているという事がだんだんに理解されて来ました。僕のうちへ連れて行ったとき、女房の前で非常に礼儀正しく鄭重であったというのもその一つですし、うちへ泊らせるときっと翌日は何か手土産をもって訪ねて来て、昨夜の礼を言って帰る。それも僕が自宅にいない時間を計算してやって来る。つまり僕の信用を得んが為に僕の女房の信用を獲得しようとする、一つの演技にほかならなかったと思われます。

大ていの男なら、酒飲み仲間の家へ一晩厄介になったからって、すぐ次の日に手土産をもって礼に行くなどという事はやれるものではありません。それをやれる忠実さ、桁はずれの実直さというのは、彼にとっては演技であった。演技だからこそ出来た。本心からならば出来るものではないのです。

そのうちに僕は、神坂がなぜ日本文化をやめるようになったかという理由を外部の人から聞かされました。要するに編集長としてつとめていたあいだに金銭的な事でまずい問題があったというのです。これは神坂を知っている人ならば、いかにもそうだろうと思われる事です。彼は私のところへ来て、社長がけちだから充分に腕をふるう事が出来なくて、面白くないという理由を述べていましたが、遠からず退社を迫られることを察して、それに先手を打ち、事が明るみに出る前に自発的退社をしようとする、事前工作だったろうと、今では考えられます。日本文化と東西文化では同じ文化雑誌の編集長とは言っても格段の違いですから、神坂としては相当の損失なんですが、どうしてもやめなくてはならない理由が有ったからこそ、その損失を敢えてしたのだと僕は思います。

酒場に於ける彼の金の使い方は簡単に申せば野放図でした。酒や食物の注文のしかたでも、女たちに与える心付けにしてもまるで胸の中で勘定をしていないような使い方です。それを見ていると、この金は神坂が努力して得た金ではない、何かしら不正な手段で手に入れたものだろうという印象を与えられる、そういう風でした。

編集長の給料は当時五千円程度だったと思うんですが、彼は僕と一緒に酒場へ行って、一夜に二千円ぐらい使ってしまう。しかもそんな事が一カ月に十回もあるのです。編集長の交際費とか手当とかいうものを見込んでもこれでは計算が立たない。僕は四、五回もその事を言いました。

「君が払ってくれるのはいいけれど、君は一体月給をいくら貰ってるんだ。少し生意気だぞ。酒場の勘定は俺が払うからお前は手を出すな」

するとと神坂は笑って、

「大丈夫ですよ先生。この位の交際費は東西文化で充分出せますよ。先月号は売り切れですよ。今月から広告料を五割上げますからね、先生の酒代ぐらい不自由させませんよ。それや僕だって赤の他人にはこんな事はしませんよ。先生は編集顧問じゃないですか、来月はひとつ用紙割当を増して貰うよう運動しますからね。それが成功したら東西文化も基礎が確立します。本当に先生にはお世話になりました。社長がとても感謝していましたよ。近いうちに一席設けてよくお礼を申したいと言っています」

僕が黙って聞いていれば彼はいくらでもしゃべる。僕がひとこと注意してやると、彼は百千の言葉で陳弁する。それを聞いているといつの間にかこちらが良い気持にされてしまう。鄭重で、にこやかで、自信が有りそうで、その底の方にやはり不安なものはあるけれども、何より先に彼自身が安心しているという印象から、そんならまあ、大丈夫なんだろうと、こちらも自分を安心させたくなる、そういう巧みな弁舌でした。その巧みな弁舌も、彼の演技の一種だった訳です。

要するに神坂四郎というやつは常に演技家であった。つまり俳優であった。この俳優的性格というのが彼の本質だったと僕は思うのです。

俳優というのは、言わば心にもなき台詞をしゃべる。心にもなき芝居をやって見せる。つまり嘘つきです。神坂はたしかに嘘つきでした。

彼の編集上の才能というのも要するに演技に過ぎなかったという事が僕にもだんだん解って来たんです。彼は甲の評論家を訪問して、政治評論を書いて貰うには誰が良いかとたずねる。そこで乙氏がよかろうと聞くと、今度は編集会議の席でもって、政治評論は乙でなくてはならんという理由を滔々と述べる。それがみな甲の受け売りなんです。ついでに丙は駄目だという理由まで、甲の説をそのまま自説みたいにして述べ立てる。彼自身には何の定見もないんです。それはそうでしょう。俳優に定見があったら俳優の台詞は言えないですからね。

したがって彼は、その次に丁の所を訪ねた時に乙の評論はつまらんという説を聞かされると、急に乙は愚劣だという方針に変ってしまう。平然として変節するんです。その点を他の編集記者から突っこまれると、

「この前の中央評論に書いた乙は良かったよ。だけど日本文化の先月号を見給え、なっていないよ。あれではもう原稿を頼む気はしないよ君。おれたち編集者というものはね、筆者に惚れたら駄目だよ。これまでにいくら良いものを書いた人でも、今日つまらん人はもう絶対につまらんのだからね」と言って嘲笑するのでした。その説というのが、実は丁氏の意見の焼き直し

に過ぎないのです。酒を飲みながら私がしゃべった事などは、そのまますっかり覚えていて、翌日すぐに編集室でしゃべって聞かせるという工合だったのです。

しかし彼にも確かに才能は有りました。それは執筆家や印刷所の主任や広告主を巧みに信用させて、自分の思うように動かすという腕前です。これは不思議なほど巧みでした。私自身もはじめの頃はいまどき珍しい誠実な青年だと思って、すっかり信用していたんですからね。そこに神坂の俳優としての素質はあったわけです。しかし俳優はいかに巧みであってもやはり演技であって、他人はいつまでも欺されてはいない。そこに俳優の限界がある。嘘の限界があるんです。神坂は哀れなことには自分の嘘の限界に気がつかなかった。一つの演技は間もなく正体が見えてくる。すると神坂は慌ててその綻びを繕おうとする。そこで第二の演技を必要とする。第二の演技もやがて限界に達すると第三の演技を必要とする。ですから神坂というやつはひどくおしゃべりで、常に多忙を極めていました。綻びの修理に追いまくられていた。それが彼のみずから招いた運命です。その修理も追っつかなくなると、そこで破綻が来る。日本文化社をやめなくてはならなくなったのもその破綻の一つだし、今度の業務上横領で訴えられるようになったのもそれだし、自殺幇助というのもやはりそんな事だろうと僕には思われるんです。

その破綻は、神坂が東西文化をやり出してから五カ月ぐらいでそろそろ前兆が現われていたようです。僕の耳にあれこれと悪い話がきこえて来ました。

その一つは編集部の婦人記者をしていた永井さち子の話です。永井君は東西文化の創刊から関係している記者ですが、神坂とはまるきり性格が合わなかったようです。神坂が嘘つきだという事を僕に訴えた最初の人はこの永井さち子でした。

僕が東西文化の編集室へはいって行くと、神坂は遠くの方から、

「あ、今村先生！」と立ちあがり、にこやかに頭を下げて、「どうもどうも、こんな寒いところを来て頂いて、恐縮です。どうぞこっちへ、火鉢が有ります。今日校正が出ましてね、お蔭さまで来月号は立派な雑誌になりますよ。さ、どうぞおかけになって……」という工合に、愛想のいい言葉をまくし立てる。それから永井さち子にむかって、

「おい、永井君、下から熱い紅茶でも先生に持って来いよ。僕が一々言わんでも気を利かしてくれよ。今村先生が来て下さったんじゃないか。少し机の上を片附けたらどうだい」と叱言をあびせる。

僕が腰をおろしてポケットの煙草を手さぐりしていると、

「先生どうぞ！」と神坂が横あいから自分の煙草を出す。火鉢の火をつけようとしてかがみかけると、ぱちっと音がして眼の前にライターの火が出て来る。帽子を脱いで机の上に置こうとすると、神坂がさっと受取って帽子掛にかけてくれる。まるで熟練したボーイを雇ったような工合で、こちらが居辛くなるほど先廻りして気をつけてくれる男でした。雑誌の編集長ともあろうものがそれ程にする必要はないのです。普通の人間ならばそこまでサーヴィスする事は自分の誇りを傷つけるように思われてなかなか出来るもんじゃない。それを神坂は平気でやる。

それがやれるというのが、やはり一種の演技だから出来るんですね。彼の本心はそんな事とは関係なく、遠くの方にいた訳です。俳優ならばどんな愚劣な男の役でも平気でつとめられるんですからね。

それで僕が編集上の打合せなどを済ませて帰ろうとすると、わざわざ僕の鞄を持って玄関口まで送ってくる。何度も何度も礼を述べて、さて編集室へ戻ってくると、ここからあとは永井さち子の話なんですが、

「やれやれ、編集顧問というものも君、考えものだね。ねえ永井君。何のことは無い、編集室を引っかき廻しに来るようなもんじゃないか。能率が落ちるよ。今村さんがいなくたって東西文化は立派にやって行けるんだからねえ。本当だよ君」

そういう事を平気で言ってのける男なんです。それもまた一つの演技だったかも知れない。つまり僕のいる時には大勢が見ている眼の前で甚だ卑屈な姿を見せた。今度はそれを取り返して、編集長の権威を示したい。俺は今村さんがいなくても立派に編集長がつとまるのだという事を宣伝したい。そんな浅はかな気持だろうと思うんです。永井さち子で見ればそこに神坂の嘘つきという印象が出てくる訳です。

神坂が何のためにそういう演技をするかと言えば、元来は自分の貧弱さを掩いかくす為の虚勢だったのでしょう。しかし演技が一種の習慣となり、性格となり、はては演技を必要としない所でさえも演技をやらずにはいられなかった。そして一つの演技をやってしまえば、今度は

最後まで辻褄を合わせて行かなくてはならない。そうしてみずから自分の落し穽をつくって行ったという風な悲劇が考えられる。もしこういう僕の推察が当っているならば、神坂四郎というやつは全く憫れな男です。

神坂に女房があり、子供もあるということがわかったのは東西文化をはじめてから七カ月も経った後でした。永井さち子の話で、その夫人が子供の手を曳いて事務所に訪ねて来たので、一遍に神坂の独身説がくつがえされたという話でした。僕に対しては心から信頼しているのだといいながら、妻子の事をかくすという心理は多少理解にくるしむのですが、酒場の女たちにちやほやされたいので、僕にまで嘘をついたのだろうと、僕は単純に考えています。彼のやって来たことを考えてみると大変複雑のようですが、案外そんな風な単純な男ではなかったかという気もします。

神坂がその女房以外にもどこかに女があるという話を聞かせてくれたのはやはり永井さち子でした。女というものは、愛している男と憎んでいる男とに対しては敏感ですからね。その女というのは音楽家かなにかだったように聞いていますが、詳しい事は知りません。多分、自分の家と愛人と両方を養わなくてはならんという所から、今度の金銭問題も出て来たんだろうと思います。自殺幇助事件の方の梅原千代ですか、その人については全く何も聞いていません。誰も知らなかったようですね。

最初に神坂について金銭上の問題を聞かされたのは三景書房の社長からです。社長というのがちょっとお人好しだもんですから、直接神坂には言えなくて僕に相談をもちかけて来たらしいんです。

「今村さん、実は困ったことが有りましてねえ……」と言うんです。ちょうど神坂が出張校正で印刷所へ詰めている時でした。社長が僕を街へ呼び出して、行きつけの酒場へ行ったんです。先々月のはじめだったろうと思います。

「神坂君がですなあ、どうも、ちょっとおかしいんですよ。正月号の雑誌の広告料をね、編集の大森君が取りに行きましたところがねえ、大東製薬と関東電気工業と二つですが、先方ではもう払ったと言って、受領証まで見せてくれたと言うんですな。その受領証は神坂君の字でちゃんと書いてあったそうですよ。いつもなら神坂君が広告料の方は自分で全部やっていましたがねえ、この正月に大腸カタルをやって七、八日休んだでしょう。その時のことですよ。どうも弱ったですなあ。まだ私は直接には何も聞いてはいませんがね」

その話を聞いて僕は、何もかもみな解ったような気がしました。前の日本文化社にいられなくなった、その事件のむし返しに過ぎないんです。彼の日ごろの金づかいの荒さが、一度にその秘密を暴露したような工合です。神坂は何か本質的にそういう事件を起すような性格を持っていたように思われますね。

僕で見れば、神坂を三景書房に推薦した責任者として、これはどうも黙っているわけに行かない。

「社長からそう言われるまでもなく、僕も前々から気になっていたんです。あいつの金のつかい方は、たとい交際費にしても無茶すぎると思っていたんですが、一体編集長としての手当とか交際費としてはどのくらい出していましたか」と聞いて見ました。すると社長は、

「それがねえ、私も悪かったんですが、その点をはっきりしていなかったんです。今村先生を信じていますし、その御推薦の神坂君ですから、すっかり信用していましてね、必要な交際費なら致し方ないというルーズなやり方をしておりました。ですから帳簿づらに出ている交際費は私がちゃんと伝票に印を捺して出したものでして、それは少々多額になっていても、私も承知の上ですから宜しいんですが、その方の金額が大体一カ月一万円見当でしょうかねえ。その他にまるで私も知らない、帳簿にも載っていないものがあるとすれば、これはどうも、はっきり申しますと犯罪行為という事になりますからねえ、弱りましたよ」

社長が弱ったというのは、単に金銭的な問題だけでなく、神坂のうしろに推薦者の僕がついているので、僕に対する義理から、神坂を勝手に処置するわけに行かないという、一種の訴えのような工合でした。ところが僕はまた僕で弱ったことになりました。というのが、推薦者の責任だけならば神坂を馘にしてもらい、その損失を埋め合せすれば一応は済むのですが、神坂が金をつかい込んだ、その金の使途の何割かは神坂と僕とが酒を飲んだ経費であったということです。つまり、法律的には何でもないかも知れませんが、道徳的には僕もまた共犯者の立場に立っている。いつの間にか共犯者にされてしまっていたという事に、その時になってから気

がついたわけです。これは僕が怠慢であって、もっと早くに、もっと厳しく彼を監視すべきだった。しかし前にも一、二度忠告しては、彼一流の巧みな弁舌でまくし立てられ、その都度こちらが良い気持にさせられておった、その罰です。

神坂は僕をだしに使って、僕を計画的に共犯者の立場にさそい込んで、悪事露顕した場合にまでも僕の屏風のかげに身をかくそうという料簡であったかどうか、その辺まではよく解りませんが、とにかく彼の愛人や今度の情死事件の相手やを養うための費用を捻出するのに、社の金を使い込んだ、その使い込みの項目のなかに、(今村先生に対する交際費)という一項を設けてあった事は事実で、僕と一緒に使った金額を倍に報告すれば、女たちを養う経費が捻出できる。そういう意味で僕を利用していたという事は肯ける。つまり僕は酒場から酒場を引っぱり廻されながら、要するに神坂の傀儡にされておったというわけです。

そう考えてみると神坂の酒場に於ける演技は二重の意味をもった、極めて複雑なものであったことが解ります。一つには僕という人間をしっかり摑まえて置きさえすれば三景書房に於ける彼の立場は安全であるという事。もう一つは僕を利用して彼の愛人を養うということ。更に、贅沢な金づかいによって酒場の女たちの気を曳こうという意図も含んでいたかも知れない。とすれば酒場に於ける彼の演技は、彼の俳優的性格を全面的に活躍させた、面白い舞台であったかも知れませんね。

ところで僕は、社長からそういう申入れを受けてはどうも黙っているわけには行かない。そこでそれから二、三日経って後に、例のように神坂を街へ呼び出しました。

実は僕という人間も気が弱くて、他人にむかって苦い事をいうのにはどうも素面では言えないんです。相手に弱点があればある程、それが哀れになってこちらが強い事を言いにくい。悪い癖ですが、やはりいつもの酒場へ行って、一杯やりながら文句を言うことにしたのです。二、三杯ハイボールなどを飲んで、ようやく元気を出して、今日こそこいつをとっちめて本当の泥を吐かせてやろうという肚でした。いつものように彼の弁明を聞いていては目的は達しられないから、先ず何も言わせないでおいて、こちらの言い分だけを聞かせてやろうと考えていました。出来ることならばここで一つ料簡を叩き直して、今後も東西文化をつづけてやれるようにと、そこは勿論考えていたのですが、というのもここで神坂が東西文化をだめになるようでは、共犯としての僕の道徳的責任は僕が負わなくてはならない。使い込みに荷担した事は三景書房の社長に謝らなくてはならない。それを何とかして、しなくても済むようにもしたかったのです。

そこで僕は同じテーブルに坐っていた酒場の女を、ちょっと話があるからあっちへ行けと言って、立たせて置いてから、

「おい、神坂」と向き直りました。

「はい、先生、何ですか」と彼はいつもの通り極めて鄭重でおとなしいんです。

「今日はお前に洗いざらい文句を聞かすんだ。覚悟して聞けよ」

「はい、聞きます。何か僕、悪い事があったでしょうか」と、初めから何の抵抗もない態度です。こういう時には決して抵抗しないやつでした。

「いいか、黙って聞けよ」と一つ押えて置いてから「お前は実にけちなやつだ。けちな奴だという事が俺にも段々わかって来た。お前は強そうな人間の前へ出たら散々ぺこぺこして、弱いやつの前では威張り散らすようなやつだ。その証拠には俺の前ではぺこぺこしていて、編集室ではまるで殿様みたいな威張り方だ。俺のいない所では平気で俺の悪口をしゃべって歩くやつだ」

「じょ、冗談でしょう先生、僕は絶対に先生の悪口なんか言いません。誰がそんな告げ口をしたんですか。僕は先生の御力添えが有るからこそ東西文化の編集長がつとまっているんです。心から御恩を感謝しているんです」

眼の色を蒼(あお)くして陳弁するのは、僕の態度が平素と違っていることを直感していたものと思われます。

「弁解するな。黙って聞け」と言うと、

「はい、聞きます。どうぞ仰言(おっしゃ)って下さい」と、まことに恭順な顔色を見せます。僕はその顔つきが段々あわれになって来るんですが、一応、言うだけは言い切るつもりで、

「お前は飛んでもない嘘つきだ」と言いました。「女房子供があることを、なぜ俺にまでかくす必要があるんだ」

「はい」

「女房ばかりじゃない、ほかに女があるだろう」

「はい」

「何人いるんだ」

「一人です。済みません。もう別れます。本当に済みません」

これでは話が思うように進みません。

「別れろなんて言ってるんじゃないぞ」と言うと、

「いえ、別れます」と頭をさげて、「先生に叱られたら、僕はもう立場は無いです」と悲しそうな声を出すのです。

「まだこれは序の口だ。これから本当の文句があるんだ。いいか」ときめつけると、

「はい、伺います。どうぞ仰言って下さい」と、どこまでも手応えがないのです。

「お前は日本文化社をやめる時に俺に嘘をついた。社長がけちだとか、働く張合いが無いとか巧(うま)い事を言って俺をごま化したな」

「いえ、ごま化しやしません」

「黙ってろ。……お前は日本文化社の金を使い込んで、馘になりそうだったから俺のところへ泣き込んで来たんだ。その通りだろう」

「違います先生、そんな事を言われたら僕の名誉は……」

「黙って聞けと言うんだ。今日はお前にはひとこともしゃべらせんぞ。弁解は聞かないんだ。

とにかく俺はちゃんと聞いて知ってる。お前は日本文化社にいられなくなって三景書房へはいった。ところがお前はまたやりやがった。お前は正月号の広告収入を使い込んだ。その他にもやってるかも知れんが、そこまではまだ知らん」

「先生、言わして下さい。黙ってるわけに行かんです」

「黙ってろ。俺は言うだけ言うんだ。いいか。お前は使い込んだ金で女を養い、それから俺を引っぱり込んで一緒に酒を飲んだ。俺まで共犯にしてしまやがった。ちゃんと計画的にやったんだ。お前は自分で悪い事をしながら、俺の顔にまで泥を塗りやがった。弁解するなよ。弁解は聞かん。とにかく俺はそう信じている。三景書房の社長もそう信じている。使い込んだものは大至急返せ。返さなかったらお前は犯罪人だぞ。弁解は聞かん。ただそれだけ言って置く。わかったか」

一気に言いたいだけ言ってしまってほっとすると、急に僕は酔いが出たような気がしました。そのとき神坂は前のテーブルに両手をついてまともに僕の顔を仰ぎ見るようにして、

「先生、有難うございます」と頭を下げると同時に、ぼろぼろ涙をこぼして泣きました。「先生、本当に有難うございます。そんなに言って下さるのは先生だけです。僕は至らないやつです。自分のやりたい事は思うように出来ませんし、精一杯やろうとすれば人から誤解ばかりされます。僕が悪いんです。でも先生、どうぞ僕を信じて下さい。弁解は致しません。事実で以て見て頂きます。金銭上の問題は僕が責任をもって社長に解ってもらいます。必ず解ってもらえる

と信じております。そんなに深い誤解をされているとは知りませんでした。御忠告は本当に有難う存じました。先生、有難うございます」

僕は今まで、他人をこのくらい面罵して、こんなに感謝されたのははじめてでした。実に妙な気持で、本当に大変良いことをしたのかも知れないような気もしました。それと同時に、こんなに素直に頭を下げるこの男は、決して本当の悪人ではあるまいと考える気持の下から、もしかしたらこの恭順さも神坂一流の演技かも知れないという疑いも感じるのでした。これが演技であるならば、この男は本当に恐るべき天才的俳優というのほかは有りません。

その事があってから神坂は相当あわてて、使いこみの穴埋めをやろうとしたらしいのです。しかし穴を埋めるといっても格別金の出る所は無いし、女たちは養ってやらなくてはならない。そこで彼は窮余の策として、印刷用紙の配給切符を横流しするという手段を思いついた訳です。まるで蛸が自分の足を喰うような話で、穴を埋めながら他方にまた新しい穴をあけているのですが、当座のやりくりだけはつく、そういう方法です。用紙の配給切符は一月の分が三月か四月にならなくては紙をもらえないのですから、そのあいだだけはやりくりが付けられるという訳です。

しかし社長の方も神坂を信用できなくなったものですから、従って帳簿も厳重に監督するし、彼のやり方をも監視するという態度になりました。すると新しく、半年契約の裏表紙の広告料が、前金で受取ってあるのに一銭も帳簿についていないという事実がわかって来たわけです。

金額にしてざっと三万円でしょうか。

　そこで社長も肚を据えて、神坂を一切経理の面から離してしまうという手段に出ました。これがいわば致命傷だったと言えます。つまり、今日までの穴を埋めるやりくりの方法を奪われてしまった。従って過去の穴はいつまでも穴のままで、日が経つにつれてはっきりして来るという訳です。

　神坂は僕にむかって、社長のやり方は窮屈すぎて、あんな事では編集の機動性が失われるとか、誌面に活気が出ないとが、いろいろと社長の悪口を言いましたが、僕はもう神坂のやり方が大体わかっているものですから、却って逆に、

「それはお前が信用が無いからだ。信用をとり戻すように自分で努力してみろ」と言ってやったような訳でした。

　彼はそこで、今度こそ最後の手段として、その金を女から出させようとしたらしいですね。僕はその間の事情についてはよく知りませんが、とにかく一度は一万五千円ばかり社へ持って行って、会計の穴の一部分を埋めたようです。それは例の音楽家の女が出してくれたのでしょう。自宅というのは相当ひどい暮しをしていたらしいですから、とてもそれだけの金は出来なかったと思うんです。まあ、その辺の私生活になると吾々にはまるで見当がつかないんですが、かなりいんちきな生活の仕方だったようですね。

　しかしその位の事で穴が埋まる訳はないんです。そのうち彼のやって来た事が帳面づらで

段々はっきりして来たもんですから、これ以上は僕も黙ってはおられず、社長にむかって存分な処置をやってくれるように頼んで、僕は散々お詫びをして来ました。社長は、

「私もね、少々の事ならば、先生が御推薦して下さった手前もありますし、穏便に済ませたいと存じておりましたが、どうも金額が大きいですし、日本文化社時代の事もありますし、やはりこれは一度痛い目にあう方が当人の為にもよかないかという気がしますなあ」と言って、告訴の手続きを取ったのでした。

結局、用紙配給切符が二カ月分、それに広告料の前払分やなにかを合計して約七十万円という計算が出ております。これはどうしても酒場の勘定だけではなくて、女の方に注ぎ込んだものが相当あるらしい、むしろ酒場の方は小部分に過ぎないと解って、僕はむしろ少々ほっとしたような訳でした。

そんな訳で神坂は三景書房をやめさせられ、告訴はされましたが身柄は拘束されていなかったものですから、八方手を尽して助かる方法を考えたようです。僕のところへもやって来て、「先生、助けて下さい、お願いします。御恩は必ず倍にも三倍にもしてお返しします」と言ってはぼろぼろ泣いていました。僕もやはりかわいそうですから、何とか方法をとろうと思って、三景書房の社長とも寄り寄り相談をはじめていたのです。つまり告訴をとり下げて示談にするような方法をですね。

そこへ突然、あの情死事件です。それを聞いたときは、やはりあいつは本当は気の小さいや

つなんだという気がしましたが、女が死んで神坂だけ案外簡単に助かったと聞いたときに、一体どこまで役者なんだろうと思いました。きっとそうです。死ぬ気ははじめから無かったんです。そんな事件でもって社長や僕の同情を惹いて、告訴を取り下げて貰いたいというのが一つの目的でしょう。そのほかにも何か考えていたかも知れませんね。とにかくそういうやつなんです。

その事件の直前僕のうちへ来た時は、

「先生、僕も運が悪くて、どこへ行っても誤解はされるし、思う存分に働かせてくれる所が見つかりませんから、今度の事件さえ無事に済んだら、一つ独立して出版事業をやります。それならば金をどう使おうが一切僕の責任で、人からとやかく言われる事もありませんし、仕事に打ち込んで行かれます。その時は一つ御後援をお願いします。先生さえ御力添えして下されば僕はきっとやります」と言っておりました。

「そんな事を言って資金はどうするんだ」と聞きますと、

「大丈夫です。その方は僕の手で算段がついています」と申しました。

あいつの事ですからまた誰かお人好しをうまく信用させて金を出させる事にしたのでしょう。僕はもう懲りていましたから、ただ黙って聞いていました。すると彼は、

「ある上流の未亡人なんですがね、もう五十五、六の人で、暇で仕様がないから僕に何か仕事をやれと仰言るんです。その夫人は宝石道楽で一杯良いものをお持ちなんですが、ダイヤとヒ

スイと二つ売って資金を造って下さるというんですよ。七、八十万は出来ると思うんです。それだけ有れば最初の仕事をスタートさせるだけは出来ますからね」と、熱心な顔をして説明しました。

嫌な話をはじめたと思って、僕はもう取り合わないでいました。情死事件を知ったとき、まさかその夫人じゃあるまいかと思って愕(おどろ)いたのですが、二十六の娘と聞いて少し安心したような工合でした。

神坂は案外あと二ヵ月も経ったら、その未亡人の宝石で出版事業をはじめましたなどと、抜けぬけと挨拶に来るかも知れませんよ。そういうやつです。何から何まで演技です。演技ともなれば何だってやれますよ、役者はどんな役をしたって恥ずかしい事はないんですからね。神坂という男も全く恥を知らないやつです。面白いですねえ。面白いけれど、そう思って見ていると実に憫れなやつです。

2

（永井さち子の陳述）

神坂さんの今度のこと、（横領）って言うんですか、お金の使いこみですわね、わたくしたちには去年から解っていましたわ。それはわたくしたち内部にいた者にはかくせる訳は有りませんからね。勿論それが広告料の方をごま化していたのか紙の配給切符を横流ししていたのか、そんな所までは解りませんけれど、あんな風なお金の使い方は常識では考えられませんもの。そのお金がちっとも帳簿に出ていないんですから、すぐ解りますわ。

でも、わたくしそう思うんですけれど、今度のことは今村先生だって悪いんですわ。一週間に二度ぐらいはきっと神坂さんと外でお酒を召し上るんですよ。その方の払いはみんな神坂さんに払わしていらしたんですものね。神坂さんで見れば、三景書房に推薦してもらったという義理と、編集顧問に対する義理と両方で、いやとは言えなかったと思うんです。神坂さんは自分一人ではお酒を飲まない人で、あんまり好きじゃないんですけれど、気の小さい人ですから、今村先生に対しては何だって嫌とは言えなかったんですよ。ですから相当無理をしてお酒代を工面していたと思うんです。

ずっと前に、東西文化が出版されだして間もなく、社長に交際費を出してもらうように交渉

していたのをわたくし知っています。そのとき社長は、
「まあ雑誌もこの位の貧乏世帯だからね、交際費だってそう派手には出せんよ。編集の方全部で一カ月五、六千円であげてもらうんだな」と言っておりました。

そんなお金は今村先生と二人で一週間かそこいらの中に使ってしまうんです。その他にも寄稿家の先生方が社へお見えになると、神坂さんはよく酒場へ御案内していましたから、それはとても駄目ですわ。

ある時なんかも今村先生とお二人で街へ出かけて、そのあくる日編集室へ遅く出て来て、
「ああ頭が痛い。今村先生とのおつきあいは叶わんよ。梯子だからねえ、碌でもない酒場を次から次へ廻って、碌でもない女給たちをからかってるんだからね。どうかと思うよ。僕が、先生、もう帰りましょう、電車が無くなりますって何遍言っても駄目なんだ。昨夜も一時だよ。先生は駅のベンチで寝ようって言うんだからね。輪タクを見つけてやっと帰したのはいいが、こっちは駅のベンチさ。僕が先に帰ろうとすると怒るんだからね。まいるよ」

そういう事をよく申しておりました。わたくしたち、酒飲みって、馬鹿なもんだと思って聞いておりましたわ。

そんな工合でお金が要るもんですから神坂さんはどうしても、どこかでお金の都合をつけなくてはならなかったんですね。神坂さんていう人は、何て言うのかしら、自分のものと他人のものとの区別がはっきりしないような所があるんです。いつだったかも、煙草を買うんで、

「永井君ちょっと五十円貸してくれんか」と言われて、お貸ししたんですよ。それを翌日まで返して下さらないから、わたくし悪いかと思ったけれど催促したんです。すると、「冗談じゃないよ、僕は君からお金なんか借りないよ。借りるんなら社長から借りるよ。煙草代？ 馬鹿にしちゃ困るよ。僕は煙草代ぐらいに不自由しちゃいないよ」って、返して下さらないんです。わたくし弱っちゃって……。でもそれは空呆けじゃなしに本当に忘れてるらしいんです。その時は傍から大森さんが証明して下さったんで、神坂さんも笑って返して下さったんです。

そんな工合ですから、広告料やなんか、社のお金を使うんだって、本当に悪いとは思っていらっしゃらないんだろうと思えるんですよ。つまりルーズなんです。ルーズって言うのかしら、横着な、図々しい所もあるんですよ。今村先生のお伴をしてお酒を飲みに行くんだって、あとでは悪口を言ってますけれど、出かける時は、「先生、参りましょう！」なんて、随分景気がいいんですよ。ですから、どっちがどっちだかわかりゃしないんです。

女の人の方にも相当使っていらしたと思いますわ。でも、本当はけちなんですよ。吉祥寺の神坂さんのお宅なんて、ひどいんです。六畳と三畳のアパートで、奥さんも子供さんもぼろぼろの服を着てらして、奥さんなんか髪はぼさぼさで、白粉も紅も何も無しで、そんな事を言っては悪いんですけどまるで貧民窟のおかみさんみたいなんです。顔立ちは綺麗で、坊ちゃんなんか良い顔をしてらっしゃるの。でも栄養の悪そうな子でしたね。

そんな暮しを奥さんにさせて置いて、御自分は銀座を歩いたって一流の格好なんですものね。男って嫌だわ。奥さんがよく黙って辛抱していらっしゃると思って、わたくし感心しちゃう。そんなけちな所があるんです。

そのけちもね、御自分のふところの痛むことならまだ解りますけれど、編集室でもって、あんまり寒いからみんなで熱い珈琲（コーヒー）でも取ろうかっていう相談をするでしょう。わたくしなんかが一番に言い出すんですけれど、そうすると怒るんです。贅沢を言うな、お客様に出す珈琲なら仕方がないけれど、編集部員が寒いから珈琲、暑いからサイダーなんて言い出したらきりが無いって言うんです。編集費からその位のものを出したって何でもないんですよ。それで御自分は今村先生と一晩に二千円も使って来るんですから、わたくしたちしまいにはもう笑っていましたわ。

「あの調子でやられたら、奥さんお気の毒ね」って、蔭でよく言ってました。

わたくしなど、ルーズな人は大まかなもんだと思っていたんですけれど、違うんですのね。ルーズな人って却ってけちみたいですわ。神坂さんはルーズで、けちなんです。放蕩ものって嫉妬しないのかと思うと却ってさかさまで、放蕩をなさる男の方ってずいぶん嫉妬ぶかい、それと同じですね。

神坂さんもあんなにいろいろ女性関係をもっていながらとても嫉妬ぶかいんです。わたくしなど、あの雑誌をはじめた当座には色んな事を言われました。何でもない事で嫉妬するんです。出張校正に大森さんと二人で印刷所へ出かけようとすると、

「永井君、きみは今日残っていてくれ給え。河上君と大森君と行って貰おう」って、私を行かせないんです。

大森さんって独身で、ぶっきら棒だけどとても純真な良い人なんですよ。はじめわたくしたち二人で机を並べていたんです。そしたら神坂さんはわたくしの机を御自分の真向いに持って行って、大森さんから遠くの方へ行かされちゃったんです。大森さん笑ってましたわ。

大森さんは恵比寿で、わたくしは渋谷から乗りかえるもんですから、帰りはいつも同じ電車になるんですけれど、その事をとても気にして、夕方になるとまだわたくしがお仕事をしているのに、

「永井君、きみもう帰っていいよ。早くお帰り。女の人は自宅でいろいろ仕事があるからね、退社時間にきっちり帰っていいよ」なんて、親切みたいなんですけど本当は別々に帰らせようとしているんです。

雑誌が出たあと、暇なときなんか退社時間にみんな一緒に帰ろうとすると、今度はわたくしを呼び止めて、ちょっと手紙を一本書いてくれ、なんて用事を言いつけるんです。そうしてわたくしを残して置いて、

「御苦労でしたね。一つうまい晩飯を御馳走しましょう」なんて、ひどく上機嫌になって新橋

あたりのちょっとした料理屋さんなんかに連れて行くんです。はじめの頃は十日に一遍ぐらい行きました。

そんな時はとても親切なんです。私の好きな海老の料理をとって下さったり、百薬の長だなんてお酒を飲ませたりするんです。わたくしお酒がわりに強いもんですから平気で飲んでやりましたわ。

「君は本当に熱心によく仕事をしてくれる」だとか、「君が一人いるんで編集室の中がとても明るい」だとか、「来月からひとつ給料を上げて貰うように社長に談判しよう」だとか、「僕は結婚するんなら君のような人を選ぶな！」なんて、二人きりになるとうまい事ばかり言うんです。

そんな風に言われるとやっぱり多少は嬉しいんですけれど、でもわたくし何だか信用できなかったんです。どういうのかしら、ちょっと人ずれがしているというんですか、世間ずれがしているというんですか、とにかく、あの、純真さが感じられないんです。それでわたくし、神坂さんは独身みたいに思えないんだけど……って言った事があるんです。そうしましたら、

「二十四のときに恋愛に失敗してね、その時の心の傷がまだ残ってるんだ。忘れよう忘れようと思ってるんだけどね。でも、一つの恋を忘れる為には、別の新しい恋が必要だよ。そう思わない？」

そんな事を聞くとわたくし、何だかひどく気の毒になって、あの人のいらいらした気持やちぐはぐな態度なども、みんなその恋愛の古傷に追い立てられているんじゃないかという風に

思ったんです。

そうしましたら去年の秋、十一月の二十二日でした、神坂さんが風邪をひいて五、六日お休みになったもんですから、独りきりのアパートでさぞ不自由していらっしゃるだろうと思って、林檎や柿なんか一籠買ってひとりでお見舞いに行ったんです。御飯を炊いてあげたり洗濯をしてあげたりするつもりでわたくし、エプロンまで用意して行ったんです。そしたら汚ない格好をした女の方が出ていらして、どなたですかって言うんでしょう。あんまりぼろぼろの服だもんですからわたくし、まさか神坂さんの奥さんだとは思えなかったんですの。毛糸のスエーターなんか肱が穴になって、襟が破けて垢で光ってるんです。

「神坂さんはこちらですか」って申しましたら、

「あの、主人は風邪をひいてやすんでいます」って仰言るんです。

わたくしびっくりしちゃって、何だか解らなくなって、

「こちら、神坂さんですか」って聞き返しましたら、

「はい、どなた様でしょうか」って言うんでしょう。

「東西文化の永井ですけど……」って申しましたら奥さんはドアの奥にむかって、

「あなた、東西文化の永井さんですって……」

それでわたくし呆れてしまったんです。神坂さんは私を中にも入れないで、奥さんのお取次ぎで用事は何だと仰言るから、お見舞いに上ったんですと言ったんです。すると、あと二日休

んだら社へ出ますという奥さんからのお話で、それっきり。上へあげても貰えないで、口惜しいから果物籠なんか置かないでどんどん帰って来ちゃったんです。果物は編集室へ持って行って、みんなで豪遊しちゃいましたわ。でも、その事はわたくし誰方(どなた)にもお話ししなかったんです。

　そうしたらその次に社へ出て来たとき神坂さんは、わたくしを近所の喫茶店へ連れて行って、凄く怒られましたわ。

「君は日曜でもないのに社を出て、何のために見舞いなんかに来るんだい。君は編集記者だろう。看護婦でもないし外交員でもないだろう。何を考えているんだ。そんな怠け者に雑誌記者がつとまると思うのか」

　わたくし口惜しいから泣いちゃったんです。何もそんな言いがかりをつけて怒ることはないんです。奥さんや子供さんのいることが私に知れてしまったんで腹を立てていることはよく解っていましたからね。ひとをお見舞いに行って、あんなに怒られたなんてはじめてですわ。それまでわたくしに嘘ばかり言ってらしたのが、みんなばれてしまったもんですから、それをカムフラージュする為に、逆にわたくしを怒鳴りつけたんです。わたくし男なんて、本当に軽蔑しちゃったんです。うちへ帰ってからひとりで散々泣いて、その前に神坂さんが買ってくれた新しい手袋をずたずたに切って棄てちゃったら、何だかすうっとしましたわ。

　その事があってからのち、神坂さんは私に対して、とっても邪慳(じゃけん)になりました。私のすることを一々けちをつけて、私がいない時には大森さんに向ってわたくしの悪口を言って、二人を遠ざけようとなさるんです。それを大森さんはみなわたくしにしゃべって聞かしてくれるもんですから、とても滑稽でしたわ。わたくしもそれからのち、神坂さんを大嫌いになってやったんです。嫌いになって、よかったわ。

　今度の事件のことでもわたくし神坂さんからずいぶん疑られたんです。わたくしが最初に社長に告げ口をしたと思ったらしいんですよ。御自分でわたくしに邪慳にして置いて、却ってわたくしが何か復讐でもしたように考えてらしたんです。あの事件を社長が最初に気がついたのは大森さんが関東電気工業の広告料を取りに行ったら、もう神坂さんが受取った後だったので、それから段々調べはじめたのですから、わたくし何の関係も無いんです。それをわたくしが何か告げ口をしたみたいに邪推して、日比谷公園へ連れて行かれてうんと責め立てられましたわ。その言い方がまた口惜しいんです。

「君は僕を怨んでるようだけど、僕は怨まれる覚えはないんだ。考えてみろよ。僕には女房もあり子供もあるんだ。君の怨む気持はわかるけれど、軽率な事はできんじゃないか」

　そう言うんです。ずいぶん馬鹿にしてるわ。何だか少し頭がおかしいみたい。でも神坂さんてとても己惚れが強くって、自分はどんな女にでも好かれると思っていたらしいですね。

　それから間もなく社長が今村先生にその事で御相談なさって、今村先生が街の酒場で神坂さんをうんとやっつけたらしいんです。そうしましたら二日ばかり経って神坂さんは一万七千円ばかり現金で持って来て、

「社長、これ、関東電気工業の広告料です」と言ってお渡しになりました。社長はとても愕いた顔をしましたけれど、その時は黙って受取ったんです。そして神坂さんが外へ出たあとで、

「さあ、大変な事になった。これはいよいよ問題だ。神坂は使い込みの盥廻し(たらいまわし)をはじめた。こうなっては駄目だね」と言いました。

その時分のことですけど、或る朝わたくしは変なところを見せられてしまったのです。日曜日でしたけれど校正がたまってしまって月曜まで待てないもんですから大森さんとわたくしと二人で日曜にも出社して校正をやることにしたんです。わたくし朝の八時半ごろ社へまいりましたの。

社は建物があまり広くないもんですから、東西文化の編集室は奥の方の住居みたいになっている日本間の八畳と六畳と二つを使っていました。わたくし何気なしに八畳の方へはいって行きましたら思いがけなく神坂さんが寝間着姿で窓に腰かけて煙草を喫っているんです。眠そうな蒼黒い顔をしてふり向くと、

「やあ、お早う」ってにこにこ笑うんです。

「何しに来たの?」って言うから、

「今日は大森さんと二人で校正よ」って答えました。すると、

「大森君と二人か、お楽しみだね」ですって。わたくし腹が立って、

「神坂さんも手伝って下さいね」って言ってやったんです。

部屋の中にはまだ床が敷いてあって、それではいるのをためらっていましたら、そのとき手洗場の扉があいて、和服に細帯一つの若い女のひとが出て来たんです。まだ二十四、五くらいに見えました。もしかしたらそれが今度の自殺幇助事件の梅原千代という人だったかも知れないと思うんです。丈のあまり高くない、物静かな様子でしたけれど顔つきに何だかきかん気のところがあって、ちょっと病的な感じを受けましたわ。臙脂色(えんじいろ)の麻の葉の着物に長目のパーマネントをかけて、爪紅の赤い人でした。わたくしそれを見たらびっくりして、そのまま階段を駆け降りて外へ出てしまいました。何だか口惜しくてたまらない気持で、銀座通りの角の喫茶店へはいってソーダ水を二杯もたて続けに飲みましたわ。

月曜の朝社へ出ましたけれど、この編集室が昨日あの人たちの寝たところで、そこの押入の中の夜具が神坂さんの寝た蒲団だと思うと、何だか汚なくて汚なくて、その部屋の中で仕事をするのが嫌でした。

神坂さんという人は秘密の好きな人だったという風にわたくし思うんです。その秘密っていうのが、本当は秘密にしなくてもいいような事まで秘密にしたがる。秘密にして置かないとちっとも面白くない。どんな事でもさも重大らしく秘密にして置きさえすれば、それが楽しくてたまらない、そういう人だったような気がするんです。

奥さんや子供さんのある事だって、誰もそんな事を本気で秘密にする人って無いと思うんですけれど、神坂さんは本気で秘密にしてらしたんです。それが、独身みたいな顔をしてまた他の女性に近づくという準備でもあるでしょうけれど、それよりも何よりも、秘密の奥さんにして置く方が楽しかったんだと思うんです。音楽家の愛人という人のことだって、今度の事件の梅原千代という人の事だって誰にも知らせないでひとりで楽しんでいたらしいんですけれど、そういう風にして、つまり御自分が他人の知らない幾つかの生活を持っているという楽しさに耽溺していたように思えるんです。

　そんな風に考えてみるとずいぶんロマンティストですわ。お金を使いこんだ事も、御自分のロマンティシズムを養うのに必要な資本だったという風にも見られますでしょう。その使い込みがいずれは自分の首を締める綱になるとわかっていても、どうしてもやめる事が出来なかったところに、神坂さんの宿命があったという風にわたくし考えているんです。そう考えてみれば、何だか気の毒みたい。……

　ですから神坂さんにとって何よりも嫌なことは、御自分が大切に大切にかくしている秘密が暴露されることだったらしいんです。秘密が暴露されるというのが、ただ単に秘密というだけのものではなしに、神坂四郎という人の正体が暴露されることになる。だから一生懸命に秘密を守ろうとしたのだと思います。蝦や蟹が堅い殻をかぶって生きている、その殻が無くては生きられない、内部は本当に弱いもんだから外の殻に頼って生きている、そういう風な弱さが神坂さんにもあるんじゃないでしょうか。本当の内容はまるで自信も何もない弱々しい人なんですね。それが秘密という殻に守られて漸く生きていらした、そんなような気もしますわ。

ですからわたくしが病気見舞いに行って奥さんや子供さんのあることを見たり、貧乏臭い生活の姿を見たりしたもんですから、神坂さんはとても慌てたんですわ。外でいくらお金を使ったってもうわたくしに威張る事は出来ないし、妻子に束縛されているというあの方の実体も見られてしまったもんですから、今度はわたくしに八つ当りしたくなった、謂わばヒステリーですわ。

その次に今度は編集室で変なところをわたくしが見ちゃったもんですから、その時はにこにこ笑って（大森君と二人か、お楽しみだね）なんて厭味を言ってらしたけど、本心はとても参っていたと思うんです。そのあとでわたくし本当にひどい仕返しをされたんですのよ。

大月曜日の夕方、そろそろ帰ろうとしていましたら、神坂さんがわたくしを呼んで封をした大封筒を出して、とても真面目な顔をして、

「これね、来月号の原稿だ。明日の朝御苦労だけど工場へ廻って渡して来てくれ給え、いいね！大事な原稿だから丁寧に扱ってくれよ」と言われました。

封筒の表には五つばかりの原稿の表題が書いてあって、封をしてあるもんですからわたくしそのまま受取ってうちへ持って帰ったんです。翌日それを工場へ持って行きましたら、係りの人が封を開いて、清水菊造氏の戦後経済の国際性という原稿がはいっていないと言うんです。わたくしすぐに社へ電話をかけて神坂さんに聞きましたら、電話口で怒鳴りつけられちゃった

んです。

「そんな馬鹿な事ってあるか。だから原稿を大切にしろって昨日も言って置いたじゃないか。どうするんだ！」

わたくしがいくら弁明して、工場へ来るまで封を切らなかったと言っても聞き入れて下さらないんです。慌てて社へ帰ってみましたら、そのあいだに神坂さんは社内中ふれ歩いて、社長にまで報告してあるんです。わたくしが社長に本当のことをお話ししようとしても、すぐに横から神坂さんが口を出して、

「弱ったですね社長。こんな事になりはしないかと思ったもんだから昨日も散々念を押して大切に扱うように言って置いたんですよ。清水さんに何てお詫びをしたらいいかなあ。……実際君、考えてみたまえ、原稿ってものは二度と同じものは書けないんだよ。原稿を紛失する編集者は編集者の資格はないんだ。僕はちゃんと五篇をまとめて、僕が封をしたんだからね。断じて間違いはないよ。念のために今も社内総動員であらゆる抽出(ひきだ)しを探したけれど、有る訳は無いんだ。弱った事をしてくれたね。あれは来月のトップに置く論文だからねえ」と言う工合です。

わたくし口惜しくて口惜しくて、いくら弁明したって何の証拠は無いし、きっとこれは神坂さんの仕返しだとは気がつきましたけれど、それだって仕返しである事の証明は無いんですからどうしようもないんです。まるでお芝居にある番町皿屋敷みたいな話で、原稿は何度かぞえても、四篇しか入れてなかったに違いないんですから見つかる訳はありません。きっと清水さ

んの原稿を神坂さんが犠牲にしてわたくしをやっつけるつもりだったと思うんです。それでひと騒ぎ済んでからわたくしを自分の机に呼んで、

「君、気の毒だけど社長に辞職願を書きたまえ」って言うんです。

わたくしだって、こうまでされてこんな人の下で働いていたくはありませんから、ぷんぷんしながら辞職願を書いて直接に社長のところへ持って行きました。そして、

「これを出せって言われましたからお出しします。でも原稿は決してわたくしの責任ではありません。或るほかの事で神坂さんはわたくしに腹を立てていらっしゃるんです。社長さんにその事だけは解って頂きたいと思います。でも、あんな編集長の下ではもう働けませんから、やっぱりやめさせて頂きます」と申しました。すると社長は、

「私もちょっと腑に落ちない点がある。とにかく四、五日休んでいてくれ給え。そのあいだに何とかはっきりするだろう。いずれ君の自宅の方へ連絡をするからね」と言って下さいました。

この事件なんかずいぶんひどいと思いますわ。自分の秘密を知られたからと言って何の関係もない清水先生の原稿を犠牲にし、雑誌の編集方針を狂わせ、わたくしを辞職させ、それほどの大騒動を造りあげて自分一人を守ろうと言うんですから、ちょっと普通では考えられませんわ。徹底したエゴイストなんでしょうか。

わたくしの休んでいる内に大森さんが社長にみんなお話しして下すったらしいんです。わたくしあの日曜日の朝のことは大森さんにだけ話してありましたの。大森さんはわたくしより三

十分ばかり遅れて出社したら、神坂さんと女の人と二人で出かけるところだったんですって。大森さんもわたくしの原稿事件で憤慨して、永井君をやめさせるなら僕もやめるって社長に談判なさったんだそうです。それで社長もすっかり解って下すって、四日目に大森さんがうちへ迎えに来て下すったんです。そして一緒に社へまいりましたら神坂さんがわたくしを喫茶店へ連れて行って、

「このあいだは僕も嚇(かつ)として言い過ぎたかも知れんが、悪く思わないでくれ給え。僕はとにかく雑誌が可愛いんだ。だから原稿の事になるとつい腹を立てるんだよ。解ってくれるだろうね。あとで僕も言い過ぎたと思って社長に話をしてね、君の辞職願は保留して貰うように頼んだような訳さ。僕の誠意はわかるだろう。今日はひとつ、君に心配をかけて済まなかったから二人で慰安会をやろう」なんて、とても上機嫌なんです。そしてダンスホールへ行こうかって言うからわたくし断わったら、じゃ軽く夕食でも食べようって、自動車を拾って木挽町(こびきちょう)の方へ行って、格子戸のうちへはいってみたらそこは待合なんです。お料理が出て、しきりにお酒をすすめられましたけれどその日はわたくし一杯も飲まなかったんです。そして最後に神坂さんはわたくしを別の室(へや)へ連れて行こうとするので、わたくしハンドバッグを持って玄関へ駆け出したんです。そんな最後の手段に訴えてまでわたくしを征服し、わたくしを味方につけてしまおうとしたんです。わたくしが飛び出したら神坂さんもあとから走って来て、

「君はお母さんがいるんだろう。これで何かお土産を買ってお帰りよ」ってお金の包みを押し

つけてよこしました。五、六千円はいっていたろうかと思います。わたくしそんなものは受取りたくありませんから知らん顔をして都電へ乗ってしまったのです。

ずいぶんわたくし軽蔑されたような気がして、腹が立ってたまらなかったんです。神坂さんて本当は女性を軽蔑している人だとわたくしは思いますわ。あの奥さんをあんな風にひどい生活をさせて平気でいらしたのだって、奥さんを軽蔑してるからこそ出来るんです。多分奥さんは何も御存じないんでしょうけれど、ずいぶんお気の毒なかたですわ。今度の事件の梅原千代って人は編集室で見かけたあの人に違いないと思いますけれど、どういう気持であんな事をなさったのか、わたくしよく解りませんわ。きっと欺されていたのね。神坂さんに欺されて一緒に死ぬなんて、単純なお人好しなんでしょうね。あの人の欺し方なんか、少し気をつけて見ていれば嘘だっていう事はすぐ解りますわ。

それに、神坂さんは断じて本当に死ぬつもりではなかったと、わたくし信じています。あの人は死ぬなんていう事を考える人ではありません。死ぬくらいなら関西へでも九州へでも逃げて行きますよ。わざわざ情死事件をおこしたというのはやはり何かちゃんと計算があったんじゃないかという気が致しますわ。

あの事件のちょっと前ごろ、つまり三景書房をやめさせられて社長から業務上横領の訴えを出されたあとで、日曜日の夕方不意にわたくしのうちを神坂さんが訪ねて来られました。それで近所を散歩しながら散々話を聞かされたんですけれど、つまり今度の事件というのは東西文化という社の雑誌の発展のために必要な手段としてやったことで、社のお金を使い込んだと言っても、それはどこまでも社の為に使ったのだから、その事は君も解ってくれ。そして今村先生や社長にその事を君からも話してくれ。そういうんでした。

それからまた、近いうちに自分は独立して出版をやるから、そうしたら社の方へ金を返済することも出来る。学校時代の友達で紙のブローカーをやって二千万円ぐらい摑んだ男が、とりあえず資本として百万円出してくれることになったし、紙も相当持っている。事務所もその友人の京橋の事務所が使える。今度こそ僕も思うさま腕を振うつもりだから、よかったら僕の出版社へ来てくれないか、給料は今の倍あげよう。そういう事を言っておられました。世間はひろいもんだなあと思いながら、わたくしはぼんやり聞いていましたんです。

でも、結論みたいな言い方をすれば、今度の事はみんなが悪かったんじゃないかという気が致しますわ。三景書房の社長は少ししまり屋で必要な交際費を出さなかったようですし、今村先生なんかも神坂さんとお酒ばかり飲むようなルーズなお方で、神坂さんで見れば今村先生が社へいらっしゃれば知らん顔もしていられないという辛い点もあったでしょうし、神坂さんの奥様だって少し気をつけていらしたら、あんな風に沢山の女性関係をつくって旦那様が身動きもならなくなる前に何とか方法があったんじゃないか、そんな気がします。つまりみんなして神坂さんが窮地に陥ちるのを見殺しにして、今になって騒いでいらっしゃるみたい。……だって東西文化は創刊以来なかなか成績が好くって、毎月少しずつ部数を増していますし、一般の評判だって相当なんですから、その点の功績は認めてあげてもいいんですけれど、それは誰もほめて上げないんです。七十万円も使いこんだって社長は言われますけれど、雑誌の成績がちょっと悪くなれば七十万円ぐらいの赤字は二、三カ月で出るんです。とにかく今は黒字ですものね。その利益は社長がポケットへ入れて、使いこみばかりを責められるのは、ちょっとおかしいみたい。……でも、あんまりこんがらかっていて、わたくし何が何だかよく解らないんです。

3

（神坂雅子の陳述）

私には何も申上げる事はございません。何一つ私は知りません。知らなかったと言っては妻として無責任のようにお考えかもわかりませんが、事実私は何も知りませんでした。信じられません。神坂はそういう人ではないということだけは信じております。六年間一緒に暮して来ましたが、そういう人格的な事については一度も疑いをもったことはございません。私は家庭の中だけで生活しておりまして、主人の業務上のことも婦人との関係もまるで存じません。ただ家庭に於ける主人を通して側面的な神坂の弁明をすることだけは出来ると考えております。

私は女子大学当時、労働問題に興味をもっていましたので、卒業と同時に共同印刷会社に就職し、事務をやっておりました。主人はそのころ満鉄本社の調査部につとめており、満鉄関係の出版物を編集していましたので、仕事のことから知りあうようになりました。そしてどちらからともなく近づいて行って、結婚することになったのです。結婚して三カ月目に私は勤めを退きました。それは私の自発的な意志であって、主人の要求ではなかったのです。忙しい仕事に疲れて帰る良人を何とかして心から慰めてあげようと思いますと、どうしても家庭だけの妻でなくてはならないと考えたのです。翌年になって子供が産れましたので、勤めどころではなくなりました。

私たちは貧しい暮しをしておりました。しかし私はその事で主人を不満に思ったことは一度もございません。貧しくとも主人は本当に私を愛してくれましたし、私は自分の幸福を疑ったことはありませんでした。日本文化の編集長になってからは主人の鞄の中にはいつも一万円位のお金がはいっていました。しかしそれは雑誌社のお金でしたから、私はそれを欲しいと思ったことはありません。編集長という仕事は交際のひろい、人づきあいのむつかしい仕事ですから、ずいぶん外でお金を使う事もあったようです。しかし神坂は月給だけは一銭も手を付けずに、給料袋のまま毎月渡してくれました。あんな派手な立場に置かれると人格も崩れ易いものですけれど、主人は終始一貫して本当にまじめな良人だったと思います。交際のためにお酒を飲むことも多かったのですが、それで家を空けたことと言えば今村先生のお宅へ二、三度泊めて頂いただけで、それ以外に私が素行を疑うような事は一遍もございません。今村先生のお宅へ泊った翌朝はすぐに帰って来て、

「先生がひどく酔って独りでは危ないもんだから送って行ったりしてね、帰れなくなったんだよ、却って奥さんにお世話になっちゃった」と言うものですから、そんな先生のお宅で御厄介をかけたのならばそのままではいけませんから私が進物を買って来まして、改めて主人を御わびに上らせました。主人は、

「なあに、酒飲み相手が泊り込んだからって一々お詫びに行くことは無いよ」と申しましたけ

れど、編集顧問の今村先生のことですから私はすすめて行ってもらいました。

今村先生のことは大変お世話になった良い方だと申して、いつも感謝の気持をもっておりました。

「あの先生がいて下さるんで俺はとても心強いんだ。酒を飲みながらいつも忠告や助言をして貰ってるんだ」と言っておりました。

会合が多いものですから一週間のうち四日くらいは夜更けて帰るような事になるのですが、帰ってまいりますと先ず子供の寝顔を見て、それから畳の上に寝そべってしまいます。一日の仕事に本当に疲れ切っていて、もう起き上る気力もないような事がありました。私が洋服をすっかり脱がせ、寝間着にきかえさせてやることが多うございました。まるで頑是ない子供のように私に甘ったれるのが好きでした。

「雅子、お前がいてくれるんで俺は何とか勤めを続けていられるよ。朝になればまた元気をだして出かけるんだ。そして夜はへとへとになって帰って来る。お前には苦労ばかりさせるなあ。怒らないでくれよ」

そう言って私を労ってくれるのでした。私は自分の苦労は何とも思いませんが、神坂の疲れて帰る姿が気の毒で見ていられない気持でした。

「他所の勤め人は夕方には帰って家族一緒に食事をしているのに、あなたはあんまり正直にお仕事をなさるんじゃありませんの。もう少しからだを大事にしないと倒れてしまいますよ」と

申しますと、

「だって俺がやらなくては誰もやる人がいないよ。社長は雑誌なんか素人だし、編集事務なら大森君でも永井さち子君でもやれるけれど、外部の人との関係はとても任せられるもんじゃない。威張る訳ではないが東西文化を何とか一人前の雑誌として支えているのは俺の努力なんだ。だから、疲れることは疲れるが張りあいもあるよ。俺は前につとめた日本文化に劣らないだけの大雑誌にしたいんだ」と、真剣な口調で言っておりました。私は男の仕事というものの厳しさと、男が社会に生きる生き方の激しさとに頭の下る思いがいたしました。

そうして二、三時間も眠って、ふと私が眼をさましますと主人はいつの間にか起き上って、机にむかって校正をしたり編集プランを練ったりしていたことが度々ございました。夜中の二時、三時という時分です。他人はみなその家庭で安らかに眠っている夜半にひとり仕事に没頭している主人の後姿を見ながら、私は本当に泣けてなりませんでした。あんな真面目な、あんな真剣な神坂が、あれほど自分の雑誌を愛し仕事を愛した神坂が、雑誌の会計をごま化すなどという事が有り得るでしょうか。それはあんまり矛盾した話です。神坂がどんなに自分の雑誌を愛していたかをどなたも案外に御存じないのです。家庭にいる私が却って一番よく知っているのではないでしょうか。

主人は金銭には欲望の少ない人です。自分の身なりなども一向にかまわない性質です。いつも大勢の人と接し、人をお訪ねすることも多いのですし、編集長として雑誌の体面もあることですから、あまりひどい服装ではいけないと存じまして、洋服なども私が出来るだけ気をつけてちゃんとしたなりをさせるようにしていましたが、ちょっと気がつかないでいると汚ないカラーをつけたまま平気で出て行こうとするような、まるで構わない人です。近所のつきあいなども、沢山ある物はどんどん人にさし上げて、人の喜ぶ様子を見て嬉しがるという風でした。結婚しましてから今日まで終始一貫した神坂の信条は、(汝等(なんじら)、おのが宝物を地に積むな)という聖書の言葉でした。貯金をするよりは人に喜ばれる事にそれを使おう、人から愛され信頼される事だけが人生の宝物だというのがあの人の主義でした。私が貯金をしたがると、よく叱られたものです。

神坂は給料以外のお金をうちへ持って帰ったことはございません。社のお金を使いこんだというのが事実ならば、いくらかでも妻子のところへ持ち帰るのが常識だと思いますが、そういう事は一度もありません。それは私の家計簿を見ればすぐ解ることです。

そのお金をどこかの婦人のところへ持って行ったという風に疑われているようですが、主人には有り得ないことです。神坂はどちらかと申せば女性を嫌悪する方でした。

「俺は女房以外には女性は要らんよ。他所の女は何だか汚ならしい」とよく言っておりました。御近所にも御婦人がたは大勢いられますし、アパートですから始終顔を合わせますけれど、主人は殆ど毎日の挨拶も碌にしないような風で、

「お宅の御主人はぶっきら棒ね」と人から言われたことが幾度もございました。

同じ雑誌につとめていた永井さち子という婦人記者については神坂は始めから困っていました。三景書房の社長の遠縁に当るとかいうことで、やめて貰いたいけれどやめさせる訳にも行かない、仕事はちっとも出来ないくせに舞台女優みたいな濃厚な化粧をしやがって、余計なおしゃべりばかりしていて、仕事の邪魔ばかりする女だ。仕事の忙しい最中にやれ珈琲を取って来て飲もうの、おなかが空いたからお蕎麦を取ろうの、まるで編集室へ遊びに来たようなつもりでいやがる。……そう言って怒っておりました。

それだけならいいんですけれど、何て言いますか、下品な言葉で申しますと主人を誘惑しようとしたらしいんです。主人は始めから嫌いだもんですから相手にならないで、あんまり仕事をしないから頭ごなしに叱り飛ばしてやったんだそうです。すると、

「神坂さんたら私ばっかり叱るのよ」と言って泣いたそうでございます。主人で見れば社長の遠縁だろうが何だろうが雑誌の事には代えられないというつもりで、腹を据えて叱ったらしいのです。

社の退け時間が来て皆さんがお帰りになっても、永井さんは一人だけ残っていつまでも神坂の傍についていて困らせたことも何度かあったそうです。主人は嫌って嫌って嫌い抜いておりました。それで永井さんからはずいぶん怨まれたらしくて、今度の事件だって永井のやつが変な風に言いふらしたに違いないと申しておりました。

「女は嫌だ、女は嫌だ」と口癖のように言っておりました。

いつでしたか風邪をひいて五、六日社を休みましたとき、その永井という人が図々しく果物籠など持ってお見舞いにやって来ました。主人は上へもあげず顔も見ずに、果物の籠まで受けとらないで押し戻してしまったんです。私は少し主人もひど過ぎると思っていましたけれど、それほど嫌いな人ならば致し方ないと思って黙っておりましたが、永井さんで見れば侮辱されたと思ったらしいです。

治って出社したとき、主人はその事で、日曜でもないのにお見舞いなんて余計なことはしないで編集の仕事をしてもらいたいと、皆さんの前でずけずけ言ったんだそうです。

それやこれやが重なって主人の気を悪くしているところへ、今度は清水さんとかいう方の原稿を永井さんが工場へ持って行く途中で紛失してしまったんです。この時は主人も本当に腹を立てまして、社長のいる前もかまわずに怒鳴り散らして、すぐに辞表を書かせたと申しておりました。雑誌の編集計画はすっかり狂ってしまうし、筆者には頭を下げて神坂がお詫びしなくてはならないし、飛んでもない女だと言って、宅へ帰りましてからもぷんぷんして、それを慰めるのに私はとても骨が折れました。

その時はやはり社長が永井さんをかばって、四、五日休んだだけでまた勤めに出て来たそうですけれど、それを根に持っていて今度は主人に復讐をしようとしたようでございます。

何しろ雑誌社は紙の配給が少ないものですから闇の紙を買わなくてはならない、それを安く買うためにブローカーを宴会に招待するような仕事まで主人は引きうけてやっていたのですが、ある日やはり紙屋の人との宴会で遅くなりまして、土曜日の晩でした、アパートへ電話をよこしまして今夜は社の編集室へ泊るからと申して、日曜の朝の九時ごろ私たち朝御飯をいただいているところへ帰って参りましたが、その時の話に、

「永井のやつ、俺をいくら誘惑しても言うことを聞かんもんだから、とうとう大森君を誘惑しやがった。日曜だっていうのに二人で腕を組んで社へやって来たよ。俺がいたもんで嫌な顔をしていた」と言って笑っておりました。

そうしますと永井さんの方では、自分のそんな弱点を見つけられた腹癒せに神坂の悪口を捏造して言いふらしたのです。神坂がどこかの女を連れて来て編集室へ泊っている現場を見た。自分たちの仕事場をそんな事で汚されるのは嫌だ、という風な事を社長にまで告げ口したらしいのです。でも主人は馬鹿なやつだと言ってただ笑っておりました。

そんなような訳で主人がどこかの婦人にお金を注ぎ込んでいたという疑いは、神坂の人格からして有り得ない事と私は信じております。今度の梅原千代という人との事件は、情死だとか自殺幇助だとか言われているようですけれど、根本的な間違いです。

私は梅原さんに会ったことはございませんが、話はよく聞きました。梅原さんの本名は岸本八重子と言いまして、以前は今村徹雄先生の秘書だか、助手だかをしていた人です。多分二十五になるでしょう。神坂が原稿のことで始めて今村先生をお訪ねした時に今村先生のお宅で会ったのが最初らしいのです。主人が東西文化の創刊にとりかかったころ梅原さんは今村先生

のところをやめてしまったのですが、その理由は今村先生があの方を誘惑しようとなさったからだという事です。やめてからも今村先生がしつこくされるもんですから、梅原と偽名しアパートを転居して、つまり行方をくらましたような訳なのです。何しろ神坂は人が困っているのを黙って見ていられないたちなものですから、梅原さんに頼まれてアパートを探したり引越しの手だてをしたりして助けてあげたらしいのです。それが却っていけなかったのですけれど、その時は、

「今村先生もどうかと思うなあ」と言って神坂は嫌な顔をしておりました。

梅原さんは北海道で大きな農場をやっている資産家の娘さんで、津田英学塾を出た人です。英語が達者なものですから今村先生のところでは外国の資料の整理などやっておられたそうです。

「若いけれども中々出来る婦人だ」と神坂も褒めておりました。

そんな訳で東西文化の編集に神坂はその方を使いたかったのです。永井さんをやめてもらって梅原さんを入れようと考えたこともあったようです。外国の文化ニュースなどを誌面に扱うのに都合がよかったのですが、何しろ今村先生が三日に一度くらい社に見えるものですから、どうしても実現しなかったのです。

「絶対に今村先生には会いたくないと言うんだから弱るよ」と主人は申しておりました。

それで外国の文化ニュースなどは梅原さんの自宅の仕事として依頼し、毎月二、三頁分の翻訳の原稿を書いてもらっていたのです。

梅原さんは学生時代から胸を患っていらしたのが昨年末ごろから悪化して、その事でかなり悲観的になっていたそうです。生活は郷里からの仕送りで何の心配もなかったそうですけれど、郷里へ帰って療養するようにすすめても、

「北海道なんかへ帰ったら死んでしまうわ」と言って帰ろうとしなかったのです。何でもお母様が後添いの方だそうで、それがうまく行かなかったんだろうと思います。

つまり梅原さんで見れば病気はひどくなって将来の結婚という事も希望がもてないし、東京にいてもつまらないし、郷里へ帰っても何の楽しみもないという風で、自殺しようという気になったのでしょうけれども、主人は梅原さんと情死すべき事情は何もないのです。自殺幇助という事も考えられません。二、三ヵ月まえから梅原さんは死にたいと言っていたのですが、

「女ってつまらん事を言うもんだね。死ぬ事をまるで趣味か道楽みたいに思っているらしい」

と笑っておりました。

事件の起きた前後の事情は私にはよく解りませんが、主人が捲き添えを食って迷惑を蒙(こうむ)ったということだけははっきり申せます。あれは夜の九時ごろでした、突然アパートへ電話がかかって参りまして、主人が毒を飲んだという事でございました。私には何だか訳がわかりませんでした。社のお金の事で気を腐らせていましたけれど、その事ならば、主人も私も自信がありました。たとい社長が告訴なさっても必ず申し開きは出来るのですから、それが原因で自殺するなどとは思えませんでした。

半信半疑のまま病院へ駆けつけてみましたところが、梅原さんは何分胸の方がひどかったものですからすぐに息を引き取られまして屍体室の方へ移されており、主人が独りだけ病室におりました。私は梅原さんという方を遂に見ませんでした。主人はほんの少々の毒だったとみえてもう元気になっておりまして、私の顔を見るなり、

「雅子、心配をさせて済まなかったね。もう少しで死ぬところだった。馬鹿な目に逢ったよ。うっかり他人に親切になんかするもんじゃないね。俺も相当のお人好しだね」と申して苦笑しておりました。自殺幇助などというものでない事はこれだけでも明瞭だと思います。

医者の話によりますと、毒物は催眠剤の類いで、お酒に溶かして飲んだものだそうです。梅原さんはコップで一息にあおり、神坂はコップに半分ほど飲んでから味がおかしいので中止したということでした。俗に言う無理心中というやり方でございます。

「ひどい女だよ、俺まで殺そうとしやがった。しかしあの人の気持もわからなくはないね。よほど淋しかったんだろう、淋しくて一人では死ねなかったんだ」と主人も申しておりました。

音楽家の戸川智子さんという方は、私なにも存じません。名前を聞いたこともありません。それも永井さんか誰かがこしらえた噂ばなしではないでしょうか。

主人はあんな正直な性質ですから、私に対して秘密というものは何一つございませんでした。戸川さんという音楽家と交際が有ったのならば、私が知らない筈は無いのでございます。勤めから帰ってまいりますと、その日の出来事をあれこれと話してくれまして、まるで子供が学校

であった事を母親に報告するような風でございました。それを熱心に聞いてやらないと不平な顔をするのでございます。何と申しますか、生れつきの純真さと素直な性質とをもっておりまして、大きな赤ん坊のような人でございます。勤めから帰って来ると私に我儘を言うのが何よりの楽しみでございまして、肩をたたいてくれとか、ビールを買ってきてくれとか、冬ならば湯たんぽで足を温めてくれとか、いろいろな事を申しました。そのあげくには、

「雅子、勘弁してくれよ、俺が我儘を言えるのはお前だけなんだ。外へ出ている間は気を使い通しに使ってるもんだから、お前の顔を見ると何か好き勝手な事を言いたいんだよ」

そう言われますと、私はもう何も言えなくなりまして、貧しい家の中でせめて少しでもゆっくり休めるようにと、そればかり心懸けておりました。

私は今になって思うのでございますが、神坂は自分の純真な気持と正直さとに自分で頼り過ぎていたのではなかろうかという気が致します。自分が純真に正直にやって行きさえすれば、そのまますらすらと世間が通れるものと信じ過ぎたのではないでしょうか。ところが世間はもっと複雑なもので、他人はそれほど純真なものではございません。神坂の今度の躓きの原因はそこに在ったのだと考えるのでございます。雑誌社に勤めていれば雑誌を何よりも大切にするのは当然でして、その為には永井さんを叱りつけることも必要です。しかし永井さんや社長はやはり自分の感情でもって神坂を逆に憎んだり陥し入れたりするという事にもなります。

梅原さんの事でもその通りです。主人は梅原さんの語学を雑誌の上で活用する為に交際もし、

お見舞いもして来た、それを今村先生の方ではまるで自分の愛人を神坂に奪われたかのようにお考えになった節があるのでございます。今村先生で見れば、自分が日頃世話をして来た神坂に愛人を奪われたとお考えになれば腹も立つでしょうけれど、そんな誤解を受けないように警戒する気持が神坂には少しもなかったようです。つまり自分の気持さえ真直ぐならば、他人は理解してくれるものだと信じていた、そこに誤りがあったのです。

銀座の行きつけの酒場で、主人が今村先生からひどく罵倒されたことがございました。貴様は情婦をかこっているのが怪しからんとか、雑誌の広告料を着服したとか、今村先生の悪口を言ったとか、散々なことを言われたのでございます。

あまり突然のことで主人は愕いて口も利けなかったそうですが、帰りましてから口惜しがってぼろぼろ泣いておりました。自分は今村先生に対してはいつも尊敬の念をもって心から鄭重におつきあいして来たつもりだ。それだのに今夜は無茶苦茶に罵倒された、訳がわからんと言って一晩中口惜しがっておりましたが、それを聞いて私の方が、きっと梅原さんの事で誤解していらっしゃるのだろうと気がついたのです。

「それならそれでもいい、俺はいくらでも申し開きをする」と主人はいきり立っていましたけれど、私が止めました。

「誤解というものは強いて弁明すれば却って角が立ちます。自然に諒解してもらえる時期が来ますから、それまで今まで通りにおつきあいしている方がいいでしょう」

でも、その後間もなく今度の業務上横領という問題が起ってまいりました。これは永井さち子さんの怨みと今村先生の怨みとが一緒になって、三景書房の社長を味方につけ、神坂ひとりを陥し入れようとする一種の陰謀だと私は解釈しております。

横領などという不名誉な罪を主人が犯したものならば、私としてもそのままでは済ませられませんから、その点は神坂に充分に問い訊しました。そして私の理解し得た範囲では全く微妙な一つの罠に落されたようなものだと思われるのでございます。この事については神坂が自分で充分に弁明することと存じますから私は沢山は申しませんが、要するに神坂は最初から広告料収入を、編集長としての交際費その他の雑費に使うことについて社長の諒解を得ていたのでございます。しかしそれはあくまでも諒解であって証拠となるべき書類も何もございません。社長がそんな約束はしないと申されればそれまでのことでございます。従って神坂を業務上横領と認めるか否かは社長の考え方一つできめられることでございます。社長にとって主人が邪魔な存在ならすぐに処分できるし、主人が必要な人間ならば今すぐにも助ける事が出来る。そういう有利な条件を社長に握られていることに気がつかないで神坂は一生懸命に働き、夜の眼も寝ずに仕事をして、あげくの果てに自分の純真さと正直さの為に自分が穽し穴に陥ちるような事になったのでございます。その事を考えますと私までが口惜しくて口惜しくて涙が出てまいります。況や主人がどれほど口惜しかったか、今村先生に罵倒された夜、あの人が泣いていた気持が今になって私にはよくわかるのでございます。私から申しては生意気のように聞えるでしょうけれど、今村先生にしても社長にしても永井さんにしても、本当に卑怯です。堂々と正面から論争するのでもなく、裏へ廻って策を弄し、犯罪者の汚名を着せて葬り去ろうというのはあまりにも卑劣ななさり方です。

主人は今度のことですっかり懲りてしまいまして、もう勤めは嫌だ、小さくとも自分で出版事業をはじめたい、他人の為にいくら努力したって無意味だと申しておりました。私も主人を独立させたい気持で一杯でございましたけれど、

「自分がいくら正しくてもそれだけでは世の中は通らない時もあります。犯罪者の汚名を着せられては今後独立なさっても仕事がやり難くなりますから、とにかく一応は社長と今村先生に頭を下げてよく諒解して頂き、それから社をやめさせて頂くようにしなくてはなりません」

と申しました。

神坂は正直者の頑固と申しますか、頭を下げるのは嫌だ、どこまでも黒白を争うと申しましたけれど、そこは私がなだめて今村先生のお宅へもお詫びに上らせました。先生はまるで木で鼻をくくったような御挨拶だったそうでございます。

告訴されることになって社を休むようになってからも、主人は一日もじっとしていられない性質だものですから、独立の準備を致しておりました。私の遠縁の伯母に実業家の未亡人がおりまして、五十二になりますが暇なものですから、遊んでいてもつまらない、出版事業でもやってみたいと言っておりましたので、神坂はその伯母のところへ相談に行こうとも申しておりま

した。それから満鉄時代の友人で終戦後に宝石の売買で儲けた人がありまして、その人から資金を出させる相談もしていたようでございます。三景書房では仕事以外のことから人に怨まれ、こんな跌きが出来てしまいましたけれど、元々まっすぐな正直な人ですから良い友人もいろいろございまして、神坂が独立して仕事をする段になれば後援者はいくらもございます。その点では主人もすっかり安心しております。

私は今度の告訴は、三景書房の社長が考えた一つのトリックではないかという風に見ております。主人も同じような意見でございます。つまり、何とかして神坂の越度をこしらえて退社させたい、その為に碌々証拠も何もない事をまことしやかに言い立てて、一応は告訴する。そうして神坂を散々困らせたうえで、それでは無条件退社するなら告訴を取り下げて示談にしよう、と言い出す腹ではないかと思われるのでございます。三景書房としてはそれで以て損は無いのです。七十万円の損失とか言っていますけれど、主人が使った広告料は全部で六、七万円位のものだと言っております。紙の配給切符を横流ししたと言われておりますが、これは全く事実無根で、主人は紙の切符はみんな社長に渡したと申しており、社長は受取らないというのですけれど、これも亦、何の証拠もないことですから、立場の弱い者が泣かされるばかりでございます。雑誌が何とかうまく行くようになったものですから、創刊当時に苦労した神坂がそろそろ不要の人間になったのでございましょう。でも、主人が使った六、七万円のうち、今村先生の接待費がざっと四万円、その他の執筆者の方々に対する交際費が二万円あまりだと申しております。今村先生は御自分が顧問である立場を利用し、主人に酒代を工面させて置いて、今度はその酒代の出所について主人を陥し入れようとするのです。もしもこのような告訴の結果、神坂に犯罪者の汚名を着せるものならば、私は世間の正義というものを疑わざるを得ません。神坂はどこまでも潔白です。私は妻としてあくまでもそれを信じております。

4

(戸川智子の陳述)

神坂のことでしたら、それは存じていますけれど、だって言えませんわ。みんな私の恥を言ってしまわなけりゃならないんですもの、辛いわ。

知ってることはもう四年以上、五年ちかくなるかしら。あの人が満鉄にいた時分なんです。ですから太平洋戦争がもう危なくなりかけていた頃ですわね。満洲の開拓義勇軍ですか、そんなのがありましたわね。あんな開拓地とか工場とかを慰問するというお話で芸能人が五人ばかり満鉄に招ばれたんですわ。そのとき本社の調査部の人が案内役になって行ってくれることになりましたの。それが神坂だったんですよ。ですからまあ、ほんの偶然ですわ。出発前の打合せやなんかで、東京で五、六遍も会いましたかしら、いやだわ、こんなお話。だって私は業務上横領とか自殺幇助とかいう事にはまるっきり関係がないんですもの。勘弁して頂きたいわ。

それからまあ、今までずっと関係はありましたけどねえ、でも終戦当時は私は岡崎へ疎開していまして、東京へ転入できなくなりましたでしょう。ときどき上京するだけで、本当に東京へ戻ったのは去年の正月からですから、そのあいだはあんまり会いませんでしたけど。……

神坂は、あの、露骨に言えば、そうねえ、つまり女蕩しなんですよ。とっても凄いんです。

二人も三人もの女といつも関係をもっていて、それで何もかもみんな饒舌って聞かせちゃうんです。とても堪ったもんじゃありませんわ。私なんかも何遍かよそうよそうと思いながらとうとう今日まで曳きずられて来ちゃったんですよ。あの人はまるで秘密ってことが出来ないんです。本当は正直な明けっ放しな人なんですね。悪党じゃないのよ。悪党じゃないんだけど、でもあんなの、困るわ。今度の自殺幇助事件の梅原さんの事なんか、わたし全部知っていますわ。何だってみんな私に聞かせるんですものねえ。それから神坂の奥さんの事でも、永井さち子という人の事でも、みんな知っていますわ。

最初はねえ、わたし言いにくいんですけど……船の中なんです。大連へ行く途中ですわ。そりゃあ親切に世話をして下さるもんですから、つい、そんな事になったんですわ。その時分わたしは前の良人と別れて独りになっていたところだったんです。はじめ神坂は私より年上だと思っていたんだけど、あとで聞いたら四つも年下だったんで愕いたんですよ。老けてるんですね。その時だってヴァイオリンの根本まき子という人が一緒で、神坂はその人とも何かしていたんです。それをみんな私に知らせるんですよ。そして一カ月半も三人が一緒に旅行していたんですからねえ、辛かったわ。でも、そんな話は止しますわ。今度の事には関係ないんですもの。疎開先から東京へ戻るようになったのも神坂が世話をしてくれたのです。岡崎は郷里ですから暢気は暢気なんですけど、そんな事をしていたら芸が駄目になるって、とてもすすめてくれましてね。レコード会社に口をかけてくれたり大きな工場の芸能指導の話をまとめてくれたりしましてね、東京へ来てからはずいぶん方々で歌いましたわ。そんな時には神坂はとても熱心で行き届いた世話をしてくれますし、歌謡曲の方でカム・バック出来たのはみなあの人のおかげなんです。それがあるもんですから私もやっぱりあの人から離れ切らなかったんです。もう一つはお金ですわ。全部合計したら今のお金にして十万円ちかく貸していますの。返す返すって言いながら今まで返してくれないんでしょう。別れてしまったらもう取れやしませんからねえ。そんな事を言うとお金に縛られてるみたいだけど、お金で縛られるというのは大抵は自分が貰ったお金に縛られるんでしょう。私のは自分が貸したお金に自分が縛られてるんです。私って、けちなのね。

　でも神坂は三景書房ではとても信用があって、近いうちに副社長になる予定だったんですよ。社長はもう一つの製紙事業の方を専門にやって、神坂が三景書房を一切引きうける筈でしたの。そうなったら十万ぐらいのお金は直ぐ返すって言うもんですから、わたしそれを待っていたんですよ。損しちゃったわ。永井さち子っていう女、社長の親戚だとかいう、あの人が神坂を裏切って社長を味方につけたんですね。いやな女！　ぶち壊しだわ。社長があの女を妾(めかけ)だか第三夫人だかにしちゃったんでしょう。社長も物好きだなあって、神坂は嗤(わら)っていましたっけ。

　あのひと、恋人が戦争で死んじゃって、少し慌ててるんですよ。はじめ神坂をとても追っかけたんです。神坂は本当は好きでも何でもなかったんですけど、向うからもちかけられて良い気になっていましたわ。或る日わたしのところへ来て、

「今から永井さち子と熱海へ行くんだから、一万円ばかり貸してくれ」って言うんです。わたし嫌だって言ったんです。そんな馬鹿な話って無いでしょう。

「あいつがどうしても言うことを聞かないんだ。親戚へ行って泊って来るからって、ようやく家を抜け出したんだから、是非行ってくれと言うんだよ。頼むから貸してくれ」

それでわたし怒っちゃって、一文も貸さないって頑張ったんですよ。そうしたら私の舞台用の衣裳を三枚ばかり簞笥から持ち出そうとするんです。大喧嘩になりまして、ずいぶんなぐられましたわ。顔が腫れるほどなぐられたんです。私ももう我慢できないから今すぐ別れてくれ、お金もすぐ返せって言ったんです。そうしたら最後に神坂は私に手をついて謝って、もう永井さち子なんか見向きもしない、本当はちっとも好きじゃないんだからって言うもんですから、そんなに熱海へ行きたいんだったら私が行ってやるわって申しまして、永井さち子に待ち呆けを喰わせて私と神坂とで熱海へその晩から遊びに行ったんです。伊豆山で二晩泊って来ましたわ。

永井さち子って、しつこいんですよ。だから神坂は好きでなかったんです。痩せてひょろひょろしてるくせにそりゃしつこいんですって。案外私みたいに肥って丈夫そうな者よりもあんな人の方がしつこいんですわ。毎日追っかけ廻すんですよ。神坂は私のところへ来て、

「ああ、あいつはたまらん、もうへとへとだ。お前あいつを何とかしてくれよ」なんて本気で言っていましたわ。

ですから、後にはあの女に対してずいぶん邪慳にしたらしいですね。社の人たちの居る前で、

ずけずけ叱言を言ったりなんかして、嫌われるように仕向けていたんですわ。それでもどうしても駄目なんで、しまいには何か越度を見つけて馘にしようとしたんです。そうしたら、永井さち子は社長に泣きついて、勘弁してもらったらしいですね。

三、四ヵ月まえですけど、神坂と二人でダンスホールへ行って、それから酒場へ行ったりなんかして遅くなっちゃって、もう電車が無いから編集室へ行って泊ろうって言うもんですからわたしついて行ったんですよ。編集室は日本間で、机やなんか片附けて寝牀を敷いたんです。神坂は、

「明日の朝ここへ永井さち子が来るよ」って言うんですね。

「だって明日は日曜なのに……」

「うん、日曜だけど校正がたまってるから来ることになってるんだ」

「あらいやだ。じゃあ朝早く帰りましょうね」

「いいんだよ。構うことはない」なんて神坂は寝牀で煙草をすいながら暢気そうにしていました。

あくる朝、私は早く帰るつもりだったけど眼がさめなかったんです。ようやく起きたばかりの処へ永井さち子が来まして、私たちがまだ寝間着のままで居るのを見たらあわてて逃げて行きましたの。そのあとで神坂ったら、

「いくらあいつがしつこくても、今日は相当こたえただろう。明日からは少し俺も楽になれるよ」って笑ってるんです。

「あんたひどい人ねえ、わざわざあの人に見せつける為に私をここへ連れ込んだの？」って言いましたら、
「そうさ、きまってるじゃないか。その位の荒療治をしなくてはあの女を振り切ることは出来んのだ。察してくれよ」ですって。男って残酷だと思いましたわ。でもわたし、少し良い気持だったわ。何ていうのかしら、勝利者の快感みたいな、あの人がかわいそうだなと思いながら、ちょっと愉快。……

　でもわたし、今になって考えてみますと、あんなひどい事をした罪のむくいで、神坂は今度の業務上横領なんていう事にされたんだと思いますわ。永井さち子はその日から神坂を怨んで怨んで、同じ事務所の大森さんという人を味方につけたり社長にとり入ったりして、遂に神坂をおとし入れるような事になったんですわ。業務上横領なんて、神坂は何もしてやしませんのよ。お金が要るときは私から何とかかんとか言って取り上げていたんですもの。梅原さんを養っていたお金なんかも、大ていは私が出していたようなもんですからね。つまりは社長が永井さち子をお妾さんにしちゃって、前から関係のあった神坂が眼ざわりだもんだから、追い出す為の策略なのね。私にはよく解りますわ。永井さち子って一種の妖婦(ようふ)ですわ。おとなしそうな顔をして。……

　神坂は奥さんを愛していなかったんです。それがそもそもあの人が女遊びを始めた一番の動機でしょうね。奥さんて怕(こわ)い人らしいですわ。冗談ひとつ言えないようなこちこちの堅い人ら

しいですね。だから、神坂はうちへ帰るのを嫌がって、一週間のうち五日までは、私のところへ泊り込みでした。私のところからお勤めに通っていたんです。

　そんな事をしていても奥さんはひとことも神坂に文句を言わないんですって。怕い人だわ。嫉妬したりヒステリーを起したりするような奥さんなら神坂だってもう少しは可愛いと思ったんでしょうけれど、石地蔵みたいに無表情でひとことの文句も言わないんですって。たまに帰ればちゃんと奥さんらしく、やる事だけはやるけれど、それ以外は何もしないんですね。だから家庭というものはうるおいも無ければ争いもない、木を嚙むような味気なさだって申しておりました。

「俺の女房はただ義務ということだけ知ってるんだ。それ以外は何の感情もない。まるで自動人形だ。与えられた任務は何ひとつ間違いなくやってのける。子供も育てている。良人に対するつとめもきちんとやっている。つまり精巧なる機械だ。血は通ってやしない。俺が放蕩しようが外泊しようが眉ひとつ動かさん。刑務所へ入れられても死刑にされても泰然としているだろう。貞女の鏡だね、全く……。あいつの心の中にあるものは義務の観念だけだ。しかし夫婦生活は義務ではないんだ。あいつは良人の慾情を受けいれる事さえも義務なんだ。たまったもんじゃない」

　あの人はときどきそう言っておりました。それを聞くと私はあの人がかわいそうで、かわいそうで、奥様には悪いけれどやはり神坂をなぐさめてやらなくてはならないような気がしたんです。あの人は月に一度ぐらいのわりで、女房と別れて君と結婚したいと言っていましたけれど、私はそれではいけないと思いましてなるべくおうちへ帰るようにすすめたんです。そうしますと、

「うちへ帰ったって俺は何の楽しみも無いんだ。どうかすると一つの牀に寝ていることさえも味気なくなって、仕方がないから夜中に起きあがって本を読んだり編集の仕事をしたりしながら、夜が明けるのを待つんだよ」と言っておりました。それを聞いてわたしは泣いたんです。

わたし奥様に言ってあげたいわ。それや御自分は立派な女性でいらっしゃるでしょうけれど、女が自分ひとりでいくら立派だって、そんなこと意味ないでしょう。良人の為に良い妻であり、良人から愛される妻である事の方がよっぽど大切ですわ。良人から嫌われながら自分ひとりで立派な女性を気取ってみたって、何にもなりゃしませんよ。それ位なら独身でやって行けばいいのよ。神坂の今度の事件には奥様だって相当責任がおありになるんです。今度の事件が起ったときあの人は私のところへ来て、

「俺は遂にやられた。元を糾せば女の怨みだ。女で失敗したんだ」と申していましたけど、それは奥様が旦那様を本当に愛していなかったから起きたことですわ。わたしそう思うんです。

そのとき神坂は、要するに俺は他人に使われる人間じゃない。独立して再出発しなけりゃならんと言っていましたわ。独立するについては先ず身辺を整理したい。女性関係が多過ぎる。第一に女たちを整理するんだと言いますから、

「先ず私を整理する必要があるわね」って言ってやったんです。そうしたら、「馬鹿なことを言え。俺が一緒に暮して行ける女は女房でもないし永井さち子でもないし梅原千代でもない。お前だけだ」って言いまして、今度こそ奥さんと別れるつもりだ、しかし当分のあいだの生活費だけは与えなくては別れるわけには行かないが、お前は子供を引きとってくれるかって言うんです。

それは子供一人ぐらい何でもありゃしませんけど、奥さんが手放さないだろうって言ったんです。そうしましたら、度々の事で済まないけれど、今度こそ最後だから、一つ女房にやる手切金を心配してくれんかと言いますから、そんな貯金は無いってことわったんですよ。神坂は大分考えていましたが、その晩になってから、

「スター・ルビーの指環があったね。あれを俺に貸してくれんか」と言うんです。それを売って奥様と別れるつもりなんですね。

その指環というのが因縁ものでしてね。はじめにお話しした満洲旅行のとき新京で頂いたんです。神坂との思い出の記念でもあると思って大切にしていたんですけど、あの時分満洲で羽振りを利かしていた甘糟(あまかす)正彦さん、例の震災のときの大杉栄事件の甘糟さんね、終戦のとき自殺なさった、……あの方が慰問団の一行を招待して下すって、よく来てくれたってとても喜ばれて、私に指環を下すったんです。スター・ルビーなんてちょっと珍しい石でしょう。まわりに細かいダイヤがはいっていてとても綺麗なの。買えば十万くらいするでしょうね。

それを貸せって言うんですの。わたし嫌だって言ったんです。満洲旅行の記念だし甘糟さんの好意がこもってるんだから、売ったらもう戻りゃしないし、嫌だって言ったんです。そうしましたら神坂は私を、やれ冷たい女だとか勘定高いとか、甘糟と何か有ったんだろうとか言って侮辱するんです。私もかっとしちゃって、一緒にお酒を飲んでいた盃を投げつけてやったんです。それから喧嘩になっちゃって、噛みついたりなんかして、ずいぶん打たれましたけど、でもとうとう指環だけは渡さなかったんです。そうしましたら、貴様みたいなやつは芸能界から追ん出してやるなんて怒鳴っていましたわ。いやだわ。こんなお話をするつもりじゃなかったんだけど。……

　そうしましたら三日ほど経って二カラットぐらいのダイヤの指環をもって来て、これを二十五万円で買えって言うんですの。わたし第一そんなお金は無いし、それにダイヤは本ものか偽物か素人にはわからないし、買わないって断わったんですよ。どこから持って来たのか聞いてみましたら、

「俺は梅原千代と結婚することにしたんだ。梅原はお前みたいな馬鹿じゃない。俺が女房と離婚する話をしたら、これはお母さんの形見だけれど、お役に立つんだったら売って下さいって、自分から出してよこした。あいつは俺に対して本当の誠意をもっている。お前なんか自分のことしか考えちゃいないんだ」と、散々私の悪口を言ってからさっさと帰って行きましたの。わたし何だか口惜しくって口惜しくって、梅原という人に会って神坂の悪いところを洗いざらい

教えてやろうかと思ったんですけど、住所を知らないもんで行けなかったんです。

それから五、六日あとですわ、今度の自殺幇助事件というのが起ったのがね。神坂は梅原さんの事となると、どういう訳なんでしょうね、洗いざらい私に話して聞かせるんですのよ。ちょっと変態かしらと思ったくらいですわ。それやもう本当に、性的なことまで私にしゃべるんです。まるでわざと私の嫉妬心を煽り立てようとするみたいでしたわ。そんな事まで知らされるとわたし腹が立って腹が立って、お定さんじゃないけど首をしめてやろうかと思ったことだってありますわ。でも女って変ですねえ、そんな風にされますとね、何だか競争心が起ってきまして、負けたら口惜しいって気になっちゃうんですよ。一生懸命にあの人をとっつかまえて置きたいような気になるんですのね。神坂はちゃんとそこまで計算して、わざと嫉妬心をあおるようにしていたのかも知れませんのね。やっぱり女の方が負けですわね。

梅原さんの方にも私の事をしゃべって聞かせていたらしいんですよ。私の吹き込んだ民謡や歌謡曲のレコードを持って行って上げたりしていました。梅原さんは本名は違うんです。岸本さんと言うんですのよ。北海道の小地主の娘で文学少女だったんですね。文学少女なんて言っても今はもう二十四、五でしょう。政治評論か何か書く人で今村徹雄って人の奥さんの遠縁なんですよ。それで北海道の女学校を出てから今村さんの家で家事見習いをしたり御主人の走り使いをしたりしていたんでしょう。そしたら御主人に可愛がられちゃったんですね。

神坂の話ですと他に何も取得は無いんだけど、とてもイットがあるんですってね。今村さんが奥さんに内証で箱根だか湯河原だかへ連れ出してこっそり可愛がったらしいんですよ。そうしたら、あの、女ってそんな事がありますと急に変りますでしょう。からだつきから眼つきから、物言いまで違って来ますわね。だもんですぐ奥さんに解っちゃって、家庭争議になったんですよ。

今村さんの奥さんて方は住友の親戚か何かから来た人で、大変威張ってるんですよ。ですから今村さんも参っちゃって、神坂をつかまえて、

「君ひとつ済まんけれど、岸本八重子を何とかしてくれんか」という話になったんですよ。それで神坂は、

「何とかしろって仰言るなら何とでもしますけれど、先生は完全に手を切るんですか切らないんですか」って訊いたんです。「もしも手を切らないという事だと、要するに岸本さんをかくしたというだけの事で、僕が却って奥さんに怨まれます。先生と共謀というわけですからね」

そうしたら今村さんは、完全に手を切るからどうでもしてくれというお話で、そのとき三万円ばかりお出しになったらしいですね。

「そんなら僕が貰いましょう」って神坂が言ったら、今村さんは笑って、

「君が貰ってくれれば一番安心だ」って言ったんだそうですよ。ずいぶん女を馬鹿にしてますわねえ。

神坂も神坂ですよ、喜んで岸本さんを貰って、アパートの部屋を借りて、梅原と偽名させて、

ちゃんと自分の愛人にしちゃったんですからねえ。梅原っていう人だってずいぶん凄いと思いますわ。尤も梅原さんで見れば職業をもって働くって言っても手に職が有るわけじゃなし、女給さんにでもなるより仕方がないんですから、それやお妾さんをしてる方が暢気は暢気ですけどねえ。

神坂と今村さんとはそんなような事で、謂わば一緒に泥水を飲んだと言いますか、相当の腐れ縁が出来てるんですよ。それから後だって今村さんは時々あの人をつかまえて、「おい、岸本の居所を知らせろよ、元々俺の女じゃないか」なんて言ったり、「おい、もう一度俺に引き取らせろよ」なんて困らせていたらしいんです。ですから梅原さんていう人はあの二人の男たちの玩具(おもちゃ)にされていたわけね。ちょうどその位の女なんですよ。

今村さんはそんな関係があるもんですからお酒を飲みたくなると三日にあげず街へ出て、神坂のつとめていた三景書房へ行ってはあの人を街へ連れ出し、社の費用で二人して酒場を歩き廻っていたんです。でも神坂で見ればそうそう社の費用からは出せませんし、相手は今村さんの事ですからいろいろ工面してはお金をこしらえていたんです。私のところから持って行っただけでも二万円くらい有るかしら。

東西文化の広告料の収入があると、神坂は二割だけ貰えるんで、それをまあ大概使っていたらしいんですよ。業務上横領なんて話もその辺から出たんでしょうけど、そこんところは私にもよく解りませんわ。とにかく神坂で見れば自分が好きで引き受けたとは言っても、今村さんが困っていた岸本八重子を背負い込まされて、それも養わなけりゃならんし、今村さんの酒代は心配しなけりゃならんし、お金はいくら有っても足りなかったというのも本当でしょうよ。眼上の人にはとっても気が弱いんですからね、今村さんから何か言われたらもう駄目なんですよ。今度の横領事件というのが、半分は今村さんの責任だという事は御自分もよくわかっていらっしゃるらしいんです。ですから事件のはじめの頃に酒場でもって神坂をどなりつけたんだそうですけど、あれは八百長芝居なんですわ。そのあとで二人でお酒を飲んで鳩ノ街とか何とかへ遊びに行ったりしてるんですからねえ。結局ひとつ穴の貉(むじな)ですよ。三景書房の社長が神坂を誡にして、告訴をしたというのは、今村先生が社長にすすめてそうさせたんだそうですが、それも実は二人の八百長芝居なんです。ころあいを見計って今度は今村さんが社長にすすめて告訴をとり下げようって腹なんですよ。今村さんは三景書房の社長にとっては凄く有力なんですよ。社長の奥さんが今村さんの子供の時からの知りあいでね、その人がまた五黄(ごおう)の寅(とら)の生れかなんかで大変なんですよ。社長の上に馬乗りになって首を締めるんですって。だからもしも社長のお妾さんの話でもされようものなら処置ないでしょう。社長ってお妾さんに子供もあるんですからね。そのうえまた永井さち子を何とかしてるんですよ。男ってみんな獣ですわね。本当に獣ですわ。

　ですからね、今村さんがそう言えば神坂の告訴はすぐにでも取り下げられるんですよ。そのあとで今度は今村さんがお知りあいの代議士から金を出させて神坂に出版事業をやらせようって話も、大方きまっているんですって。

梅原さんの自殺事件というのは私も本当はよくわからないんですの。その事があってから後は、神坂の奥さんが介抱に行ってらしたでしょう。だから私は行かれませんものね。その後まだ詳しい事を聞く暇がないんですよ。梅原さんが肺病を悲観したというのは本当でしょうね。もともと今村徹雄さんの奥さんていう人がもう永い肺病なんだそうです。梅原さんはあそこに三、四年もいたんですからそのあいだに伝染したんですよ、きっと。今村さんは奥さんが病気で、御自分はまるで独身みたいな工合だったらしいんです。だからまあ、梅原さんの方に気持が動くようなことになったんだと思うんですよ、梅原さんて気の毒ですわ。傷物にはされるし肺病はうつされるし。……でも肺病はまだ大したことはなかったろうと思うんですよ、だって神坂が始終行っては泊って来てましたからねえ。

梅原さんはお酒と一緒に催眠剤を飲んだという話ですけど、もしかしましたらその薬は私のかも知れませんわ。私はよく催眠剤を使いますのよ。あの事件の三日ほど前に神坂が私のところへ参りましてね、眠れないから薬をくれって言うんですね。私はもう半分寝ていたもんですから、そこの長火鉢の抽出しに有るでしょうって言ったまま眠っちゃったんですの。その次の晩かしらにわたし、飲もうと思って探したら、まだ七、八回分有った筈のが箱ごと無くなっているんです。多分神坂が持って行ったんだろうと思って気にもしないでいましたらあの事件でしょう。わたしびっくりしたんです、本当に。

でもねえ、神坂があの人を殺す筈はないし、第一神坂が自殺する人だとも思えませんわ、きっと道連れにされそうになったんだと思いますわ。ですから自殺幇助なんていうよりは、殺されかけたんですわ。

ですけど神坂って本当は我儘なお坊ちゃん育ちの駄々っ子なんですよ。世間知らずなんですね。少し非常識かしら。自分では一生懸命やっていて他人に憎まれたりそねまれたり、利用されたり裏切られたりですわ。今村さんに利用され梅原さんに利用され、永井さち子には裏切られ、それでもお人好しだもんで何とか済んで来たんですね。あの人の女好きだって、本当はわたし許せるような気がするんです。我儘なんですわ。

私の知ってることって、まあ大体こんなところかしら。何だか肝腎なところをぬかして余計なお話ばかりしたみたいですわね。あら大変、大急ぎで行かなくちゃ。今からレコードの吹込みがございますの。じゃ、御免下さいませ。……

5

（梅原千代の手記）

昨日までの日記、手紙類一切、お風呂の竈に押し込んで焼き棄てた。今日までの悔い多き二十五年の生涯は、これで消えてしまった。今日から後の日記は私の遺書である。

北海道より来信。父病気のため送金不能とあり。継母とは冷たきもの。（あなたももう二十五になるのですからどうか親を頼らず自活の道を立てて下さい）と。身を堕せば自活の道はある。それでもいいから自活せよと言うのか。

終日微熱を感じながら夫人の看病をさせられる。夫人からこの病気をうつされ、夫人の看病をし、更に夫人の嫉妬の憤りを受けながら今日一日を生きている。何という滑稽な私の運命であろう。

十時半、かすかな跫音。急いで扉に鍵をおろす。二、三度ノックする音。答えず。私の拒否は永遠の拒否である。今後の生涯を通しての拒否である。これ以上罪業を重ねてはならぬ。

先生は薄志弱行の人。（私もそうかも知れない。）先生から実行力は期待できない。先生の理屈は私にとってこの上もない魅力だった。その魅力ゆえに私は自省の力を失ったのだった。しかし先生にはただ理屈だけしか無い。近ごろ深酒をなさる。何か自棄的なものを感ずる。自棄は私の拒否のせいではない。先生自身の無力さに対する絶望ならば、私は尊敬しよう。

×

朝、今村先生に私の部屋へ来て頂き、この家から出して頂くことを懇願する。郷里の父に済まないと仰言る。父に義理さえ立てば私はどうだっていいのか。それならば私は勝手に飛び出しますと宣言。

飛び出してしまえば、身を堕して自活するか。程なく病気が自活を阻むだろう。売れるもの、本百冊、着物五枚のみ。母の形見のダイヤ指環だけが頼みである。その代価を費い果さないうちに私の命が終ることを望む。自殺はいや。

妻はもはや永くないのだと先生は言う。それまで静かに待っていてくれというのだ。何という残酷さ、男のエゴイズム。私はそんな女ではない。

夕方から風。落葉が庭を舞う。落葉の音を聞いていたら北海道がなつかしくなった。父に一度会って死にたい。

私の病気は誰も知らない。父も先生も夫人も。——近いうちにレントゲン写真を撮ってみようと思う。今後の命の永さを計るために。——

不思議な運命にはこばれてここに来た。先生は一体この五日のあいだに何をどう運んだのだろう。

×

午後、先生のお手紙をあずかって三景書房というのを訪ねる。神坂四郎氏は面識あり、先生の悪友(?)らしい。三度先生のお宅へ泊った人。先生の手紙を読み終ると、承知しました、御案内しましょうと仰言る。何処へ案内するのか私は何も知らなかった。先生からは何も聞いていない。

神坂氏は私と共に外出。すぐ通りで自動車を拾い、目黒までと命ずる。紅葉館アパートという所で下車、その中の一室へ私を連れて行き、

「どうですか、わりあいに良いお部屋でしょう。先約があるというのを金を握らせて無理矢理に借りたんですよ」と笑う。私ははじめて事の次第を理解した。

神坂氏は待たせていた車ですぐに今村先生のお宅へ行き、私の荷物一切をまとめて持って来て下さった。ちょっとそこまで参りましょうと言い、近所の中華料理店に私を連れて行き、夕食を御馳走になる。

「今村先生からあなたの転居の費用にといって三万円お預かりしました。アパートの権利が二万円ですから残りの一万円、どうぞ」と渡される。これで自炊道具をととのえなくてはならぬ。

……食べるという事のむなしさ。

御用があったらいつでも三景書房へお電話を下さいと、名刺を渡される。若々しく誠実な人。愕くほど行き届いた人。

孤独。全くの孤独！　私を手放してくれた今村先生に感謝しよう。ここへ訪ねて来られても絶対に会うまい。偽名しようか。九時から牀にはいる。窓に淋しい月光。本当にひとりきりだ。死ぬまでは生きなくてはならぬ。自活の方法を考えてみる。自活という言葉が何か切実に感じられない。

ストレプトマイシンという注射がある由。治るものならば治りたい気もする。

×

午前十時、部屋の掃除をはじめたところへ神坂氏見える。果物の箱を頂く。御不自由ですねと笑い、僅か一分で帰られる。今日一日じゅう元気。熱を感じない。食器、小卓、鍋釜をととのえる。窓口にカアテンをかけたいが高いから仕方がない。

×

午前十時、神坂氏見える。今村先生のところから転出証明を取って来て下さった。それからお米二升いただく。自活の職業について相談してみる。至急考えてみましょうとのお返事。お帰りになってから始めて御飯を炊く。孤独が身にしみて、ひとりきりの食卓に坐り御飯を食べながら泣いた。

×

発熱、一日じゅう寝て過す。空腹にたえ切れず、夕方いつかの中華料理店までよろめきながら行く。孤独の辛さを感ずる。今村夫人の嫉妬すらも今はなつかしい。神坂氏見えず。

×

快晴の日曜日。朝めっきり寒くなった。横着をして寝ているところへ神坂氏見える。小型のラジオを持って来て下さる。頂く理由がないからお断わりしたが、新しいのを買ったから不要になったのだと仰言る。一時間あまりもかかって取りつけて下さる。孤独を慰める小さな手がかり。お肉を買って昼食を食べて頂く。久しぶりの賑やかな食事。思わず三杯もたべた。仕事のこと、もう少し待ってくれとのお話。三時まで遊んでお帰りになった。偽名することを御相談したら、梅原千代という名をつけて下さった。御自分の名刺の裏に書いて入口に貼って下さる。千代という名は神坂氏の以前の愛人の名だと仰言る。その愛人が忘れられない為に、今日まで独身でいる由、そんな純情って信じられない。

一日ラジオを聞き、少し利口になった。

×

今日で三日、神坂氏見えず。
新聞を借りて求人広告を見る。侘しい初冬。食欲乏し。

×

父に手紙。送金を依頼す。
今日で五日神坂さんが見えない。三景書房へお電話してみようかと考え、思い止る。虚しい一日。トランプを買う。何を占うというあてもないけれども。……

×

日向の窓で独り占いをしていたら、素晴らしい辻占が出た。そのとたんに電話。事務所へかけつけるとやはり神坂さんだった。風邪で休んでいられた由。夕方帰りに寄りますとのこと。お食事の支度をしてお待ちする。待ちくたびれて七時になってからマスクをして来られた。顔色蒼く、少しお痩せになった。孤独のアパートで病気をする辛さは私が知っている。隣室の人に粥を炊いてもらって梅干ばかりで五日を過したとの事。知っていたら行ってあげるのだったと口惜しい。

五日間お酒を飲まなかったと仰言る。私はちょうど要りもしないお酒の配給をもらったところだった。土瓶で燗をしてさし上げる。三年もアパート暮しをしているのでこんな家庭的な雰囲気がたまらなく嬉しいと仰言った。涙が出そうになって困った。本当に明るい素直な人。とても素直に人なつっこい人。九時半お帰りになるという。戸口に立って、明日の晩も夕飯にいらっしゃいと申し上げたら喜んで手をお出しになった。握手。私はその手を放すことが出来ないで、とうとうあの人の胸に身を投げてしまった。

ああ! ここへ来るまで私は死を望んでいたのに。そして死は日に月に迫って来るというのに、いまさら何の為の人間らしいいとなみ! 自分の弱さが悲しい。悲しいというのは理性だけのこと。本当は嬉しくてたまらないのだ。悪い女。

×

お勤めに行くあの人を送り出してからたった一時間にしかならないのに、あとを追いかけたいような気持。物狂おしい私の心。あの人にすがりついて、あの人の腕に抱かれて生きて行きたい。ああ生きていたい。今日ほどこの病を呪わしいと思ったことは無かった。私はあの人に救いを求めていたのだ。救って下さい私を。昨夜と同じように今宵も私を抱いてもらいたいのです。何が何だかわからない。考えるのは嫌。考えたってどうにもなりはしない。ただ眼をつぶって飛びこんで行きたい。夜が待ち切れない。熱があるんだけれど、心が沸き立って抑え切れない。ああ、死が迫っているというのに。……せめて今日から後の短い生涯を、燃え立つような心で生きて行きたい。

私は一体何を考えているんだろう?

×

これでいいのかしら? こんな事をしていて、私はこのままでいいのかしら。自分の幸福が、何かしら恐ろしい。信じられないほど満ち足りた陶酔の一週間。夢のようだ。本当とは思えないほどの幸福。けだもののような幸福。……

でも私は自分の限度を知っている。もうお別れしなくてはならない、不幸が私たちを引きはなす前に。……

早くお仕事を見つけよう。

×

正月。——多分最後の正月。

神坂氏横浜の御親戚で元旦を迎え、午後から来て下さる。正月をこんなに嬉しいと思ったことは一度もなかった。

×

恐ろしい経験。――昨夜あの人は私と結婚したいと言った。いけません、いけません。私はあなたの誠実を裏切りたくはないのです。私たちはもうとっくに結婚してしまったではありませんか。今はお別れする時が来ました。病気はこの十日ばかりの間にずっと進んだらしい。息切れがする。立ちあがると眼が眩む。昼間の倦怠感。

私はもうあきらめています。どうか私の事はお忘れ下さい。あなたは私の人生の最後を美しく輝かして下さった方です。

あの人は私の為に御自分の生活を壊してしまったのではなかろうか。カアテン、小箪笥、手袋、靴、鑵詰類、電気スタンド、花瓶、毛布。経費を無視して買って来て下さる。抵抗し得ない好意のかずかず。黙って受取っているわけには行かない。

母の形見のダイヤ指環を売って下さるように頼んだ。神坂さんはしばらく考えてから、

「売ると淋しくなるよ。持っていなさい」と仰言った。「僕が破産したら借りに来ますよ」

私は病気のことをお話しした。これ以上あの人を詐ってはいられない。病気をうつしたりしたら困るから。あの人は、

「わかってますよ」と簡単に仰言る。「ちかいうちに赤十字へ行ってみましょう。その様子で転地でもするんですね。この病気は必ず治るものです」と、自信のある口ぶり。

本当に治るかしら。治るものとわかっているならば是非とも結婚して頂きたい。

北海道より返信無し。帰る家を失った心地。

×

私には何か予感があったようだ。この半月あまりの幸福が何かしら信じられなかったのは、今日のことを予感していたからではなかったろうか。絶望の日。愚かな自分を嗤うのみ。泣き疲れて、今は真夜中。このままで死にたい。私の幸福は尽きたのだ。

赤十字へ連れて行って下さるというので、連れ立って外出。渋谷のレストオランで昼食。それから外へ出ようとした時だった。あの人がお勘定を払っている間に私はドアを押した。入れ違いにはいって来た女が、「まあしばらくね」と神坂に声をかけた。知りあいらしい。彼は勘定を払いながら答えている。そのときあの女の言った言葉。

「奥さまも坊ちゃんも、お変りございませんの?」

私は慄然(りつぜん)とした。失神しそうだった。

「ええ有難う。元気です」と彼は小さな声で答えたが、私は聞き逃しはしなかった。

私は急いで渋谷の人混みの中へ歩いて行った。一刻も早く彼から逃れる為に。彼は追いかけて来た。しかし、今さら何の為に赤十字へ行く必要があろう。死こそ最上の願いだ。彼は黙ってついて来た。私の部屋の入口で私は握手を求めて、言った。

「永いあいだ、有難うございました。これがお別れよ。もういらしたら駄目。さようなら」

「君は誤解してるんだ。嘘をついて悪かったけど、あの女は二年も前の事しか知らないんだ」と神坂は言った。「僕はもう二年も別居しているんだよ。近いうちに離婚手続きもすることになっているんだ。君には言いにくかったもんだから黙っていたけれど、僕を信じてくれよ」

嘘、嘘、嘘! 私には解る。恐ろしい人。今村先生と言い神坂と言い、何という卑劣な人ばかりだろう。

ああ、たまゆらの幸福も今日で終った。そんな幸福を求めたのが間違いだった。夢が醒めてみれば現実の死は更に近くせまっている。じっとしていたい。じっと静かに横たわって迫り来る死の跫音を聞いていたい。

いま、空虚な心。洞穴のような空虚。虚無というのはこんな気持かも知れない。

×

午前十時、ノックの音で眼をさます。しぼるような盗汗。会いたくない。遂に会わずに帰す。十時半、三景書房に電話、彼はまだ行っていない。住所を聞く。婦人記者の声で鄭重に教えてくれた。十一時洋服に着かえて外出。教えられた彼の住所へ行ってみる。そのアパートの事務所で訊いて一切わかった。彼に妻子はあり、昨夜はそこへ帰っている。これ以上考えることは何も無い。パンを買って帰り一人きりの昼食。ラジオを聞きながら三時から牀にはいる。

×

十時から十時半のあいだに彼は必ず来る。今日で三日。私は扉を開かない。彼はむなしく帰る。十時になると私は牀の中で跫音を待っている。その跫音が帰って行くと、ほっとして眠る。この病みつかれた肺病の女に今さら何の用事があるのだろう。私への憐憫(れんびん)か？　私の葬式をしてくれるというのか？

お金もない。お米もない。明日はダイヤを売りに街へ行こう。

×

自分の弱さに勝てなかった。孤独に負けて、私は扉をひらいてしまった。五日目。彼はいろいろ弁明した。嘘ばかり言っている。もう沢山。聞きたくはない。ただ私は独りきりでいられなかったのだ。嘘つきでもいい、裏切り者でも卑劣漢でも何でもいいから誰か人間の傍にいたい。それだけだ。

妻を離婚して私と結婚したいと言う。近いうちに三景書房の副社長になるから転地療養の費用も出せると言う。あの人に愛情が有るのかしら。愛情が無ければこんな病人を相手にする心理がわからない。五日も無駄足をして訪ねて来た気持は愛情だろうか。何でもいいから信じて行きたい。最後まで信じさせておいて貰いたい。永いことではないのだ。愛情の闘いをするには私の肉体はもう力を失っている。信じていればそれでいいのだ。

ダイヤを売って下さるようお願いする。二十万円に売れれば嬉しい。遠い海岸に転地して、療養所で静かに死のう。

拒み切れない愛撫。その事のたびに病は重くなるようだ。あの人は私を早く死なせようとするのか。私はどっちでもいい。

この数日、夜ねむれない。どうかすると二時ごろまで眼をさましている。疲れてたまらない。催眠剤を飲んでみようか？

×

北海道より来信。父が会いたがっているから一度帰ってはどうかという。病気もよくない由。もう会えないだろう。私の写真でも送ってあげることにしよう。

神坂氏見える。ダイヤは銀座のある宝石店で見せたら、模造品だから二千円にしかならないという。今日もう一軒の店へ更に鑑定にやって下さったとのこと。そんな筈はない。あれは父が第一次世界大戦の好景気のころ上海（シャンハイ）で儲けて買ったという話だった。私が女学校のとき父が耕地を買い足そうとして、母と相談してこの指環を売ろうとしたことがあった。日華事変がはじまって間もない頃だったと思う。父はわざわざ函館（はこだて）まで行って宝石屋に見せたら、当時の金で千五百円ぐらいの相場をつけられたように覚えている。その時は耕地の持主が手放すのをやめたのでそのままになってしまった。今ならば十五万円にはなる筈。

私より先に父が亡くなれば、新民法で多少の遺産はもらえるかも知れない。

×

お勤めに出て行くとき、二千円置いて行かれた。貰いたくない。ダイヤが売れたらお返しすると約束。

昨夜も寝つかれず、午前二時になる。あの人の寝顔をじっと見ていたら、憎悪と嫉妬とで胸が掻き廻されるような気がした。あの人の腕に絆創膏が貼ってあった。訊いてみたら結核の予防注射をしたのだと言う。憎い気がした。もう泊ってもらうのはやめよう。彼の夫人の為にも。

——催眠剤を買う。

×

春めいた日。朝のうち散歩。坂道は息が切れる。無為に過す毎日。幸福もなく不幸もない。この夏まで生きられるだろうか。

催眠剤を三日つづけて飲んでみたが一向に利かない。眠れないので疲れがはげしい。午後三景書房に電話。ダイヤの話をたずねる。上野の宝石屋にあずけてあるから明日行ってみようとのお返事。

夜、近所のキネマを見る。途中から熱が出て、足が冷えてたまらない。早く帰る。

×

夕方神坂氏見える。上野の宝石屋へ行ってみたら今日は定休日で駄目だったから、二、三日中にまた行ってみるとのお話だった。それから三浦三崎に結核の療養所があり、友人の紹介で入れそうだから行ってみたらどうかとのおすすめ。私は費用が出せないからとお断わりする。彼はダイヤが売れたらそれでいいじゃないかと言う。

「もしどうしても偽物だという事にきまったら僕が買ってあげましょう。二万円ぐらいで買わせて貰おう。そうすればあなたも当分養生が出来るから……」と言って下さる。御好意は有難いけれど、もう彼の好意も受けたくない。

九時ごろ、無理に帰っていただく。その直後、少量の喀血(かっけつ)。これで二度目。

×

空気を吸うたびに胸の中でごろごろと音がするようだ。朝の鏡にむかい、顔の青さに愕く。

梅が咲いた。小枝を取って来てコップに挿(さ)す。梅を見るのもこれで終りになるのだ。しみじみと匂いをかぎ、生きていることの嬉しさを思う。

父に見舞いの手紙を書く。あるいはお別れの手紙になるかも知れない。どっちが先かわからないけれども。

毎夜眠れない。催眠剤はなぜか少しも利かない。薬を変えてみようかと思う。いっそのこと、多量に飲んで、そのまま死んでしまえたら楽だろう。いつ死んでもいい。

×

朝十時神坂氏見える。ダイヤはやはり立派な偽物だったと笑って、お返し下さる。「二千円じゃ仕様がないですね。酒場でビールを四本も飲んだらおしまいだ。まあ、あなたが持っていらっしゃい。本物だと思っていれば楽しめるよ」と言った。

生きる望みはこれで絶えた。二千円で米を買っても一斗あるか無し。それだけの私の命である。催眠剤を多量に買って最後の時に備えようか。あまりに悲惨な姿にならないうちに死にたい。帰りぎわに、あのダイヤを僕に売りなさいと仰言る。二万円あればもう少し生きていられる。「三万円でもいいんだよ。とにかく話をきめさえすればいいんだ。そして指環は君にあずけて置くよ。そうでもしなくては君は僕からお金を貰うのが嫌なんだからね。そして早く三崎の療養所へ行くんだね」という。

私にはこのダイヤが偽物とは信じられない。愕くばかり美しい輝き。母の心が放射されて来るようだ。せめてこれを指にはめたまま死のう。金に代えようと考えるから偽とか本物とかいう事が問題になる。

×

私は何という怠惰な女だろう。病気を治そうともせず、死のうともせず、職業につけないくせに、彼の好意に甘えてぐずぐずと生きている。北海道へ帰って母の傍で死のうか。雪に埋もれている野山の姿が眼にうかぶ。

眠れないという話をしたら、何か良い催眠剤を探してやろうとのお話。

いくらか日が長くなった。美しい黄昏（たそがれ）を窓から眺めながら、何かしら悲しくなって独りで泣いた。

なぜか解らないが、私はあの人の好意や愛情を本当に信じてはいないような気がした。あの人は何かわからないが私を偽っているような気がする。理由はわからない。好意らしいもの、愛情らしいものは一杯あるのだが、いつか元を取られそうな畏（おそ）れを感ずる。

こんな事を考えるのはあの人への裏切りだろうか。

×

夜七時、神坂氏来られる。二万円の包みを出されて、

「これは指環の代です。黙って受取りなさい」と仰言る。「君は自分に必要な事を自分でしょ

うとしないから、今日は強制的に僕が事を運ぶんだ。明日は日曜だから僕は三崎へ行って療養所の話をつけて来ます。明後日引越し。宜いね！」と。

それも案外宜いかも知れない。三浦三崎はもう春だ。暖かい海浜の療養所で、美しい海をながめながら若い命を終る。それでいいではないか。しかし私はなぜかあの人の好意を受けたくないのだ。指環売ったお金ならば、母が私に対する最後の贈物として嬉しく受けられるけれども。私はもう少し待って頂くようにお願いした。もう一度自分で宝石屋へ行ってみたいと。神坂氏は怒って、君は僕を信じないのかと言った。

「僕は君がひとりで困っているのを見ていられないから、二千円のものを二万円で買おうと言うんだ。君は怠け者だよ。自分の病気を治そうとする努力さえもしないんだ。いいよ、勝手にし給え」と。

しらじらしい気持。この人とももう縁が切れそうだ。その方が宜い。妻のある事をかくしているような人と、いつまでもこんな関係でぐずぐずしているのは私もいや。

孤独な気持でひとり牀にはいる。もう孤独も怕くはない。春めいたおぼろ月の何という美しさ。

×

神坂氏十時に見える。昨日は腹を立てて悪かったとあやまり、君の気が済むようにもう一度新宿の大きな宝石屋へ行ってみると仰言る。無駄とは思ったが指環をお渡しする。

終日頭がぼんやりして物事がよく考えられない。病気が進んで来たのか、体力の衰えか。西行のように如月の望月のころに花の下で死にたいと思う。

×

療養所へ行くことをすすめられ、正式におことわりする。私はもう早く死にたいのだ。生きる望みは絶えている。あの人は私の肩を抱いて、君が死ぬなら僕も死のうと仰言る。「一緒に死にましょうか」と私が冗談に笑うと、「君と一緒なら死ねる。生き残る辛さを考えれば死ぬ方が楽だ」と言った。変な気持。あの人に死ぬべき理由はなさそうだけれど。

窓の日ざしの中に坐って無為に毎日を送りむかえる。死の最も良い時期を待ちながら。心は水のように澄んで、空のようにうつろだ。食べ物を買いに外へ出ることが一番辛い。もう永くはない。

×

沈丁花が匂う。ダイヤを返して下さった。やはり駄目だった。もうあきらめなさいねとやさしく仰言る。

×

あの人は一体何をしていたのだろう。あの人のする事には何かしら虚偽がある。私はそれをはっきり知った。あの人の言葉には罪の臭いがある。嫌だ。もう会いたくない。

あきらめ切れなくて午後からよろめきながら銀座へ出た。宝石店に寄る。やはり偽物ではなかった。二十七万円で買うという。私はもう一軒の宝石店へ行った。二十八万円で買うと言った。お母さん、有難う。私はみじめな最期を遂げなくても済みます。三崎の療養所へも行かれます。

現金で三万円。このうち二万円はお返しするつもり。あとは銀行へあずける。私の命の支えだ。外出して悪くなるかと思ったが案外元気。鮨をとって食べる。安心したせいかあまり熱も出ない。

あの人は三軒の宝石屋で偽物だと言われたと言っているが、みんな嘘だ。何の為の嘘か。私にお金を持たせたくないのだろうか。私に生活費を出して下さる事によって私の心を縛っていたかったのかも知れない。お金で女の心を縛ろうとするプチブル根性。このアパートへ来て以来のあの人の好意にはすべて何かしら計画があったような気がする。嫌な人だ。愛情にさえも打算をもちこむ男。実行力は無かったけれども今村先生の方がずっと人間としては尊い。先生には心の苦悶があった。神坂氏には如何なる苦悶もない。商売人みたいな男。いつでも自分の利益を計算している男。心の美しさを持たない。血潮のあたたかさを持たない人。

完全にお別れして、一人きりになろう。もはや、偽りの愛情によりすがらなくてはならないほど私は弱くはないのだ。

×

桜が咲きはじめた。

この十日間神坂氏見えず。こちらから電話もかけない。どうかしたのだろうか。お見えになったら三崎の療養所の事をお願いしようと思っているのに。

誰とも話をしないで一日牀に横になっていると、しきりに誰かと話をしたくなる。誰も来てくれない。見すてられたような孤独。腰が痩せて、寝間着の紐が三廻りするようになった。

猫を飼おうかと思う。今日は隣の部屋の猫と二時間も遊んだ。自分の心が透き通って見えるような気持。淋しい。

×

神坂氏、半月ぶりで見える。ダイヤが売れた話をすると愕いていらした。二万円出してお返ししようとすると、要らぬと言って受取って下さらない。無理にお渡しする。

今村先生が私の事で神坂氏にひどく腹を立てていられる由。その為に三景書房の社長に彼の事を中傷され、副社長になれないばかりか近いうちに社をやめなくてはならぬ事になりそうだとのお話。先生はそんな卑怯な人だったのか。神坂氏が気の毒になった。今村先生に会わせて下さいとお願いしたが、あなたは心配しなくてもいいと、お引受けにならない。療養所の事をお願いする。ところが今までそこに勤めていた友人が千葉の病院へ行ってしまって手がかりが無くなったと仰言る。

夕方、うとうとしていたら、父が訪ねて来てくれたような気がした。愕いて起き上ってみたが、父はいなかった。北海道で父が死んだのかも知れない。眠りが淡く、いつも夢を見ているようだ。生と死との境目の扉が、もう開かれているような気がする。いつでも好きな時に死の中へはいって行かれそうだ。死が、今はもう恐ろしいものには見えず、却って無憂の国のように安らかなものに思われはじめた。あと、何日生きられるだろうか。

×

暖かい雨。もはや自炊をするだけの労力にも耐えない。どこか療養所を探して貰おう。

夕方神坂氏見える。あなたが死んだら北海道へ知らせてあげるから、宛名と遺書とを書きなさいと言って下さる。そのあとで、

「君が死んだら僕も死ぬよ。同じことなら一緒に死んでしまおうか」と仰言る。

死ぬ理由があるのかとお尋ねしたら、妻を愛することも出来ず仕事は思うように行かず、そ

の上私に死なれたらもう生きる希望は無いと言われた。出版社をやりたいけれども資金を出してくれる人が無いとも言っていらした。一時間ばかり独りでウイスキイを飲んでお帰りになる。

×

隣の小母さんが粥を炊いて下さって、従弟(いとこ)がつとめている中野の療養所にはいれるよう、相談してみようとのお話。お願いする。

夕方神坂氏見える。その事をお知らせしたら反対された。もう治る見込みもないのに養療所へ行く必要はないとの御意見。私は死にに行くつもりだと言った。現金を引出して頂く為に印と通帳をお渡しする。

×

隣の小母さんより、療養所はいつでもはいれるからとの御返事。すぐに電話で部屋を約束して頂く。神坂氏見えず。

×

神坂氏見えず。お金が無いのでここを出る事も出来ない。夕方小母さんに頼んで電話をかけて頂く。神坂氏は三景書房をもうやめましたとの返事。

どうすればいいかしら。

×

神坂氏見えず。小母さんに頼んで神坂氏のアパートへ行って頂く。三日ばかりずっと帰らないとの御返事。どうしていいか解らない。あの人はあのお金が欲しかったのかも知れない。お父様。八重子はもう死にそうです。

×

夜八時、神坂氏お金をもって来て下さった。旅行していたとのこと。今日は泊って下さる。嬉しい。誰かが傍にいて下さるだけで嬉しい。(以下余白)

6

(神坂四郎の陳述)

私に対する犯罪の嫌疑について弁明します。

私は何故にこの二つの疑いを受けているのか、理解に苦しむものであります。疑いを以て見ればすべてそれらしく見えて来るものであります。架空の想像によって処罰を受ける事は私の忍び得ざるところであります。

三景書房に就職を世話して下さったのは今村先生であります。先生の私事をここに暴露するのは私情としては忍び難きものも有りますが、一身の弁明上必要と考えられますから敢えて申しますが、先生が私の為に就職の心配をして下さった事には一つの理由があります。それは私がまだ「日本文化」につとめていた時分、私が忙しかったので妻雅子を代理として原稿を頂きに先生のお宅へ行かせたことがありました。先生は雅子の美貌に心を惹かれて或る恥ずべき行為を求められたのであります。雅子はそのような要求を拒むだけの強さをもたなかった。拒むことが良人の職業に不都合を来たすもののように考えたと当人は弁明しておりましたが、私には信じられませんでした。

爾来（じらい）私は妻に対する愛情を失いました。即ち今村先生は私の家庭を破壊したのであります。

そういう私行上の弱点を私に知られていますので、私の為に努力して就職を世話して下さったのであります。私も亦、先生の弱点を利用する意味で先生に就職をお頼みしたのであります。先生は就職を世話して下さったけれども、「東西文化」顧問となって社へ顔を出されるたび毎に、私の顔を見るのが辛かったという事は私にもよく解ります。そこで先生は積極的に私をも泥沼に曳きずり込んで、両方泥まみれになる事によって御自分の弱点を帳消しにしてしまおうと考えられたらしく思われます。先生が私と一緒に屡々酒を飲み、みずから乱酔すると同時に私にも乱酔を強いられたのはその第一歩であります。私はまた逆に、先生の弱点を握っていることを有利な条件とし、先生の評論界に於ける立場を利用して自分の編集者としての仕事を成功に導こうと考えました。「東西文化」は今村先生の背景によって創刊以来好成績を収め、最初の発行部数五万であったものが今は十二万部に達しております。

この事は三景書房に於ける私の立場を安定せしめ、雑誌界に於ける私の存在を確実にするものでありました。そして先生の眼から見れば、私の存在が大きくなれば次第に眼障りになって来るのも自然であります。それが、今回私が告訴されるに至った原因の一つになっていると私は考えるのであります。

永井さち子は今村先生が紹介して三景書房出版部に就職させた女であります。彼女は社長の親戚のように言われていますがそれは事実ではありません。先生は冗談のつもりかも知れませんが、永井さち子に向って、

「神坂って良い男だろう。独身だぜ。どうだ、世話をしてやろうか」と言ったそうであります。その事は永井さち子が私にその通り話してくれました。永井はそれで私を独身と思い込んでいたのであります。

今村先生としては私と永井との間に何等かの関係を生じた場合、今度は私の弱点を先生が握ることによって両者が同じ立場になれるというお考えであったように感じられます。また、一層悪意に解釈するならば、私を永井と結婚させれば、雅子に対して先生は更に積極的な行動をとれるという事まで、考慮の中にはいっていたかも知れません。

それが解っていたものですから、その罠に陥ちない為に私は、永井さち子に対して厳しい態度を取りました。しかしながらそれは失敗でした。結婚の幸福を幻想していた彼女は私から冷たいあしらいを受けると、今度は逆に恨みをもって私に対するようになって来ました。この事もまた今回私が訴えられるようになった原因の一つになっていると考えられます。

永井は私の私行上にあらぬ噂をまき散らし、あたかも私が永井に或る種の関係を要求したが如くに言いふらして、三景書房内に於ける私の信用を破壊しようとつとめました。また、清水菊造氏に依頼して書いて貰った「戦後経済の国際性」と題する原稿を故意に紛失して、編集長たる私の責任問題を引きおこすような悪辣なやり方をしております。このときには私も激怒して、その場で辞表を書かせましたが、社長は却って永井さち子をかばって辞表を握り潰してしまったのであります。

そのとき私は自分の失敗を知ったのであります。私は今村先生の誘惑に陥らぬために永井さち子を拒んだのでありますが、永井は却って社長を味方につけて私を陥し入れる手段に出た。これでは私は四方敵のなかにいて仕事をすすめなくてはならない。已むを得ず私は方針を変更して、今村先生の誘うがままに自分も泥に足を踏み込み、お互いの弱点を晒しあうことによって妥協を求めなくては済むまいと考えました。そこで永井さち子を誘って築地の待合へ行きましたが、彼女はもはや意地になっているので私の誘いに応じません。已むなく金銭をもって買収出来るかと試みましたが、それさえも失敗しました。私はそのとき、多分この女の為に私が失脚させられるであろうという事を感じました。

彼女がその得意とする媚態をもって社長を籠絡し、社長に説きつけて私を失脚せしめるために業務上横領の疑いをほのめかしたのは成功でありました。凡そ社長という人種は、仕事についてはその部下を信頼し得ても、金銭問題については絶対に信用しないものであります。仕事の方はよく解らないから任せて置きますが、算盤の方はよく解っていて、決して任せるものではありません。そして、雑誌の編集長という仕事は、業務上の交際と私的交際とが混雑して甚だ区別のつけ難い種類のものであります。その弱点を突いたのは永井さち子の悪賢さであり、私の敗けであります。

「東西文化」の創刊に当って私と社長との間で、編集長の交際費の相談がありました。そのとき社長は、

「とにかく会計としては広告料を予算に入れないで採算を取って置こう。広告の方は君の手腕におまかせする。そしてその方の収入の二割を君の交際費という事にしようではないか。広告が沢山取れれば君の交際費は豊かになる。それならいいだろう」と言明しております。その事は今村先生も顧問として御存じの筈であります。

ところが創刊以来、雑誌は相当の好評を得られたために広告は意外に注文が多く、私は殆ど労せずして交際費を得られることになりました。従って二割という計算で行きますと毎月平均約三万円を私が自由に使えるということになったのであります。社長はひそかにこの三万円を自分の手に回収しようと考えたに違いない。それには最初に言質を与えた手前、今さら私から取り上げるわけにも行かないので、いっその事、何等かの口実を設けて私をやめさせてしまう方が早いと考えたのであります。

この正月に私は大腸カタルを患って七、八日休んだのですが、その時を奇貨として社長は、大森編集記者に命じて広告料の集金に廻らせ、私のいない間に収入を握ってしまおうと考えたのであります。ところが大東製薬と関東電気工業との二つはその前に私が受取済みになっていた。それを発見して鬼の首でも取ったように騒ぎ立て、今村先生にむかって私の横領行為なるものを訴えたのであります。

今村先生はこの機会をつかみました。即ち社長の力によって神坂を葬り去ることが出来るならば、先生自身は手をぬらすことなしに、嘗ての御自分の非行の記憶から逃れることが出来る。

御自分の弱点を知っている唯一人の人間を遠ざけることが出来るという訳であります。

先生はわざわざ私を酒場へ連れて行き、人の見ている眼の前で私を罵倒し、一言の弁明をも許さなかったのであります。私はそのとき口惜しさに泣きました。人間の心の浅ましさに絶望的な気持にさえもなりました。明らかに今村先生は社長と共謀して私を葬る決心をなさったのであります。

ここで私の言い分を申しますならば、大東製薬と関東電気工業とから広告料を受取っていたという事は、私にとって越度でも何でもないのであります。即ち私は、広告料総収入の二割を自由に使えるのでありますから、二つの広告料をもってその二割に宛てたというだけであります。他の広告料は全額を三景書房に渡してあるのであります。つまり私の正当なる受取分であって超過分ではありません。社長はただこの二つの広告料を楯(たて)にとって言いがかりをつけているだけであります。

序(ついで)に用紙配給切符の横流しという件について釈明します。これもまた社長の言いがかりであるのみならず、故意に人を陥し入れるやり方であって、次第によっては私自身、弁護士に依頼して名誉毀損(きそん)の訴えを起そうかとも考えているところであります。

紙の切符を横流ししたのは私ではなくて、社長自身であります。配給切符を毎月受取るのは私であります。私はそれを社長に渡します。その時には別に社長から受領証を取る訳ではありませんから、渡したという証拠は有りません。社長が公定価の紙の切符を横流ししたというのは、単行本出版の方が近ごろ不振になりまして予定の紙が使い切れなかったという事も一つの理由です。それからまた印刷紙の切符を高く売って、仙花紙を安く買い、出版物には仙花紙を使うというやりくりを考えたことも一つであります。更に、社長には第二夫人があって子供もおりますが、正妻が喧（やかま）しい為に第二夫人の方に廻す金に苦しんでいたのであります。切符を横流しした金の大部分が第二夫人の邸に廻っているのは事実であります。それは第二夫人の家が戦災し、新しく家を吉祥寺に買う為の費用になったと聞いております。今村先生の夫人が永らく肺を病んでおられるので、その療養費に先生も苦心しておられますが、それで先生は社長にむかって顧問料を欲しいという要求をされたのも事実であります。紙の切符を横流しした一部は顧問料として今村先生に渡されているのではないかと私は想像しております。

私に対女性関係がいろいろ有って、その為に金を必要としたという風に言いふらされておりますが、それは多分永井さち子のばら撒いた流言でありましょう。今村先生から出た話もあるかも知れません。

私には多少の女性関係があります。しかしその事と業務上横領の問題とは何等の関連もありません。

妻は子供と二人で平穏に暮しております。前に申しましたように、妻雅子は今村先生について過失がありました為に私は愛情を継続する気持にはなれず、一週に一度か二度は見舞っておりますが、生活は最低の経済に甘んじております。雅子が最低の生活に甘んじているのは自分の過失を深く悔いているからであると私は考えております。彼女は義務と責任の観念に強い女でありますが、感情の温か味を殆ど持たない石のような女であって、その点まことに性格的に気の毒だと思っております。

私は大部分の生活を戸川智子の家で過しておりました。彼女との関係は私が満鉄本社につとめていた時分に始まっておりますが、深いつながりを持つようになったのは終戦以後であります。私は戸川が歌謡曲の歌手として再起するために種々と骨折っており、彼女はその方で充分に収入を持っていますので、その生活を補助する必要はありませんでした。即ち私は俗に言うマネージャのような形に在ったものとお考え下さればお解りになると存じます。

妻雅子との間がどう考えても円満に行きそうにも思えませんので、行く行くは正式に離婚し、子供を引き取って戸川智子と結婚しようと考えておりました。戸川もまたそのつもりで将来を楽しんでいたものと思います。

私は出来るだけ早く雅子の処置をつけてやる事が、せめて雅子の為にも良い事だと考えましたので、当分の生活費を工面して渡してやりたいと思いまして、戸川智子に指環を貰いたいと申し出たのであります。戸川もまた、正式に結婚する為には甘糟から貰った指環ぐらい手放しても厭(いと)わないだろうと思ったのですが、意外にも頑強な反抗に会って愕きました。女は宝石に対して異常な執着をもっているもののようです。

ただ単に満洲の慰問旅行に行ったぐらいの事で甘糟が特に戸川だけに宝石指環を贈ったとい

うのはいささか理解し難い気がします。私が慰問団の一行と別れて満鉄事務所で事務上の打合せなどをしていた二日間に、両者のあいだに何かあったのではなかろうかという疑いも感じますので、私としてはあの指環は見たくないのであります。それを売り払って、雅子の生活費が出せるものならば私にとっては一石二鳥であり、甘糟の指環も大いに有意義な結末に達すると考えたのですが、それは不成功に終りました。しかし戸川は私より四歳の年長で、常に姉のような気持で私を愛してくれまして、私が金に困っているときはいつも自分のポケットから出してくれました。合計すれば凡そ七、八万円にも達したでしょうか。すなわち私に対女性関係があったとは言っても、雅子にしろ戸川智子にしろ、何等大きな金銭上の負担にはなっていないのであります。従って会社の金を横領するという必要に迫られてはいなかったという事を理解して頂きたいのです。

梅原千代に関する自殺幇助という問題については、事情が全く誤解されているようでありますから、多少詳しく御説明いたします。

岸本八重子、すなわち梅原千代と知りあったのは今村先生のお宅であります。前に申しました通り今村先生は私に対し常に警戒する気持をもっておられまして、そこに私もまた自分の危険を感じていましたので、むしろ積極的に先生を安心させるために、銀座あたりの酒場でしばしば泥酔し、今村先生のお宅に泊めて頂くというような事もいたしました。梅原は先生の秘書としてお宅に一室をもらっていましたから、そんな機会から知りあうようになりました。

先生と梅原との関係がいつ頃から始まっていたものか私は知りません。先生のお宅で酒を飲むような時は、夫人は病気ですからいつも梅原が席に出ておりました。すなわち中国の家庭の第二夫人という風なかたちでありました。

梅原と先生とのあいだがうまく行かなくなったのは、夫人の嫉妬に先生が耐えかねて梅原を出したというのも真相ではなく、梅原が先生を嫌って外へ出たというのも真相ではありません。私の察するところではもっと複雑なものが有ったようです。

最初先生が熱海の方へ梅原を連れ出したというのは事実であります。それから後には次第に梅原の方から積極的に出たのであります。先生が或るとき、

「岸本には困るよ君。女って馬鹿だねえ。女房に対してこれ見よがしな事をやるんだ」と洩らしておられました。

病室の夫人にわざと聞えるような声で先生に甘えてみたり、先生に愛撫を求めたりしたもののようです。梅原千代はそういう女でした。いささか常軌を逸した激情家であって理性というものが殆ど感じられない女であります。まるでヒステリックな小娘のように我儘で筋道の通らない感情家です。毎日のように髪の結い方を変える女でした。毎日のように眉の描き方の違っている女でした。ひどく淑(しと)やかな日があり、ひどく乱暴な日があり、心のまるで定まらない女でした。和服や洋服の好みが混乱していて、一定の好みというものの感じられない女でした。彼女の考えることも彼女の生活方針もその日その日によって違っていたように思われます。

彼女にとって今村先生は最初の経験であったと言っておりましたが、その経験によって彼女は一種の錯乱した心理に陥ったように思われます。梅原はそのような性格からして、最初の経験に必死にすがりつこうとしたようです。そこで先生にむかい積極的に接近しようとしました。そういう心理状態のときには道徳も義理も考える余地がなかったらしく、今村夫人を無視して先生に接近し、正式な結婚を求めたのであります。

先生もこれには愕くと同時に困惑しておられました。何と慰撫しても言うことを聞かないので、もしも夫人が病死したならば正式に結婚しようと言ったのです。梅原はそれまで待つことに侮辱を感じ、満たして貰えない欲望に耐えられず、ついに今村先生の家を出ようと考え、その実行を迫ったのであります。

私は先生に頼まれて紅葉館アパートに部屋を借りました。ところが先生が梅原にそのことを言って転居するようにと話をしますと、梅原はもう気が変っていて、絶対に家を出ないと言い出す始末でした。先生は困惑した果てに、彼女を三景書房に使いに来させ、私に処置を任せるという事にしたのです。つまり一種の謀略、一種の詭計（きけい）をもって梅原を先生の家から出してしまったのであります。私は何も言わずに梅原を紅葉館アパートに連れて行き、すぐに荷物まで運び込んで、そこに落ちつかせてしまったのです。梅原は私の親切に感謝していましたが、こちらは親切でも何でもない、毒蛇を怒らせないようにそっと檻（おり）の中に入れるような仕事をやっていた訳です。

その夜、先生と私とは例によって酒場で相当飲んだのですが、私が、

「先生、岸本さんて良い人らしいじゃないですか。どうしてお宅を出すんですか」と訊きますと、先生は笑って、

「綺麗な薔薇には棘があるよ」と言いました。

「そうですかね。どんな棘ですか」と重ねてきくと、

「お前も刺されてみたいか」と言う。

「刺されてみたいですね」

「自己の責任に於て刺されるがいいさ」

「痛いですか」

「痛いさ」

「先生は痛かったから手を引いたという訳ですか」

「手を引いたよ。今度はお前が刺される番だ」

「先生はもう文句を言いませんか」

「言うもんか。今日からお前の薔薇だ。俺は遠くの方から匂いだけ嗅いでるよ」

そして二人で大いに笑いました。

そういう訳で岸本は私の手に移ったのですが、肉体の経験を知ったばかりで好奇心に燃えていた彼女にとって、相手が今村先生であろうと他の男であろうと多く選ぶところはなかったよ

うです。もともとそういう道徳感情は薄弱な女であったらしく、そのうえ肺を病んでいましたので、一種異常な欲望をもっていたという事も考えられます。彼女は私が自宅へ帰ることを喜ばず、夕方になると三景書房へ電話をかけてよこして、是非とも彼女のアパートに来るようにとねだるのでした。

そうなってみると私も、この女を手放したくない愛情を感じて来まして、従って今村先生の手から完全に彼女を引き離してしまう為に、梅原と偽名をさせた訳でした。

今村先生は、自宅の中に在ってこそ梅原に手を焼いたのですが、未練は沢山に有るわけで、一緒に酒を飲みながら、

「おい、岸本のアパートを教えろよ」と何度か言ったものでした。

私は笑って答えずにいましたが、心の中では妻雅子との事件について先生に復讐をしているような痛快さを味わっていたのです。

梅原はヒステリー性の女性に見られる一種の異常な想像力をもっていたようです。想像力というよりも幻想性でしょうか。自分の空想を現実と思い違いしているような点がありました。

郷里は北海道で父は大地主で、

「馬だって三十匹もいるのよ。広い広い野原を毎朝御飯のまえに十分ぐらい駆けまわって来るの。女学校時代はいつもそんなだったわ。帰りたいなあ」と言っていましたが、それも彼女の空想であって、父という人は病気で死にかけており、小さな農場も人手に渡っていることは彼

女のところへ来た手紙に書いてありました。

彼女は津田英学塾の出身で、

「アメリカ人の先生にとても褒められていたの。私の会話はクラスで一番だったわ。その先生がタイプライターを一台下さったのよ、アメリカへ帰るときお別れにね。それを戦災で焼いたの。惜しかったわ」と言っていましたが、これも彼女の幻想でした。英語は街の商店の看板もはっきり読めない程度でした。津田へ行っている友達があって、その人を羨望したところから出た幻想だったようです。

こういう幻想性、医学の方では何というか知りませんが一種の精神病の結果として、意味もない嘘をつく女でした。向いの部屋の青年が昨夜おそく戸をたたいて、いきなり彼女に抱きついて接吻しようとしたから追い出してやったとか、今村先生から帰って来いと言うお手紙が来たから焼き棄てたとか、根も葉もない事をまことしやかに話して聞かせるのでした。そうかと思うと自分の病気を悲観し、死にたい死にたいと口走りながら一時間も泣きつづけるという風です。「死」ということも梅原にとっては一つの美しい幻想であったらしく、死にたいという話が一種のあこがれを語っていたように思われます。

彼女の病気を私がいろいろと心配しまして、赤十字病院へ行くために連れて出たことがありました。病院へ行く前に渋谷のレストオランで食事をしたのですが、そこを出ようとしたところで私は「日本文化」にいた頃の婦人記者に会って挨拶をしました。すると梅原は突然怒り出してもう病院へ行かないと言い、アパートへ帰ってしまいました。ずいぶん激しい嫉妬だと思って、今村先生が（棘がある）と言われたのもこんなところだろうかと考えたのですが、あとで聞きますとその婦人記者が私に「奥さまも、坊ちゃんも、お変りございませんの？」と言った、それを聞いたと言い張るのです。私が独身だと嘘をついていたと言うのです。私が嘘をついていたのは事実ですが、その婦人記者はそんな話は何もしなかったのです。梅原は不思議な感覚でもって私たちの会話をそういう風に解釈したらしいのです。あるいは病的直感というのかも知れません。おかげで私は独身でない事を告白せざるを得なくなりました。

梅原の生活費は私が全部負担していました。大した額ではありません。その経費は戸川智子の方から貰ったものと私の収入の一部とでやって行けたのでありまして、これもまた業務上横領をしなくてはならないほど多額なものではありません。

梅原は例の幻想を働かして、海の見える丘の上の綺麗な療養所の白い部屋から、毎日海をながめながら静かに死んで行きたいと言っていました。

「私のダイヤを売ればその位の費用は出ると思うの。売って来て下さらない？」と頼まれましたが、ちょっと見ても模造品とわかるようなものでした。私はそう言ってしまっては気の毒ですから、

「売ると淋しくなるよ、持っていなさい」と言ってやりました。

梅原の話ですとそのダイヤは彼女の父が上海で買ったというのですが、また或る時は、

「私の父は北海道を非常に愛しているの。生れてから今まで一度も北海道を離れたことが無いんですよ」と言います。

彼女はそのダイヤを真物と信じ込んでいまして、私に度々売ることを頼むものですから、私も仕方なしに宝石屋へ持って行ったことがあります。銀座の或る店で見せましたら笑われまして、二千円なら買えるかも知れないという返事でした。梅原はそれを信用しないものですから、私は彼女に諦めさせるために、上野の方の宝石屋へ見せにやるとか、新宿の店で見て貰ったとか、造り話をして納得させて置きました。

その後しばらく遠ざかっていたのですが、それは何故かと言いますと病気が悪化するにつれて梅原の幻想性はますます募り、いささか狂気ではないかと思われるような様子も見えて来まして、それ以上かかり合いになることが危険な気がして来たのであります。私が何日ぶりかに訪ねて行きますと、

「あなたは毎日十時になると来たでしょう。知っていたわ。でも扉を開けて上げなかったの。あなたは嘘つきだからもう会ってやるまいと思っていたんだわ」と言いました。

アパートの廊下を歩く靴音を聞きながら、それを私であると幻想し、毎日訪ねて行く私を部屋に入れてやらないという独り芝居を考えていた訳です。もはや彼女の頭の中には幻想によって描かれた芝居の舞台が動いていて、それが現実と融けあい、どちらがどちらであるかも解らなくなっていたようです。それはつまり彼女がそれだけ死に近づいていた証拠かも知れません。

十日ばかり離れていてから訪ねて行ったとき、梅原はあのダイヤが三十万円に売れたと申しました。これには私も愕きましたが、多分二千円かそこいらに売り払ってお米などを買い込み、三十万に売ったと幻想していたのだと思います。警察のお調べによると梅原の死後にそれらしい貯金通帳も見つからず、都内の銀行を調べてもそれらしい預金の口座が見つからなかったという事ですが、それが本当だと思います。

そのダイヤを売って私が自分の出版社を造る資金にするつもりだったとか、その銀行預金を私が横領したろうとかいう疑いは、勿論根も葉もないことでして、梅原の幻想性を理解できればその話の空虚さも理解されるものであります。

私が梅原の自殺を助けたと疑われているのは、自殺を助けて置いてダイヤの金を取ろうと計画したものと見られているわけですが、ダイヤが偽物とわかっていれば、自殺を幇助する理由も自然消滅するわけで、そういう疑いを私にかけられるという事自体が、梅原的な幻想に憑かれたものであると申さなくてはなりません。

梅原は前にも申しましたように、死について一種の幻想を描き、死にあこがれるような風でありました。あの事件より二カ月も前から、肺患による一種の不眠症に悩まされていました。彼女から頼まれて一、二度催眠剤を買って与えたこともありますが、普通の分量ではまるで眠れないと申しておりました。

「いっそのこと、これを一度に一箱みんな飲んで死のうかしら」などと笑いながら言ったこともありましたが私は気に止めてはいませんでした。

戸川智子がやはり一種の不眠症でありまして、殊に明日は演奏会があるというような夜は眠れなくてよく催眠剤を用いていました。私は、この薬なら梅原も眠れるかも知れないと思い、戸川が封を切ったばかりのものを一箱持って行って与えました。それが最後の役に立ったというのは偶然であります。あるいは梅原は、前の薬が利かなかったものですから、それと同じつもりで新しい薬も大量に飲んだのではないかという事も考えられます。

その夜私は、久しぶりで梅原の様子を見に行ってやりました。精神病的な傾向が次第に強くなっていて、とりとめもない考えを口走る事が多く、危ないのでしばらく近づかないでいましたが、自分で外出も出来ない病人を放って置くわけにも行きませんので見舞ってやったのです。すると梅原は非常に淋しがっていて、今夜は是非泊って行けと申して、私が何と言っても聞き入れません。已むなく私は、梅原が眠ったらそっと帰るつもりで、泊る事を承知いたしました。

梅原は一度牀に入ってからまた起きあがり、五合ばかり残っている日本酒を出して来まして、夜も十一時ごろになってから、これを二人で全部飲もうと言いました。私も起きて飲みはじめましたところ、梅原はほんの少し飲んだばかりですぐに酔ってしまい、苦しそうな呼吸をしながら私の胸にすがりつき、

「私と一緒に死んで下さらない？　お願い！」とくり返し言います。私が何となだめても聞き入れないのでした。そういう執拗さは彼女の性格でありまして、一度言い出したらどうしても

やり遂げなくては済まない癖であります。私が拒みますと声をあげて泣きむせび、廊下の外に隣室の人が様子を聞きに集まって来たような工合でした。夜更けの部屋で病患の若い女が泣き沈む姿は、たといこちらに一片の愛情がなくとも、やはり心を動かされるものがありました。私は致し方なく、ともかくもこの場だけを治めるつもりで、

「それでは死のう。僕ももう生きていたって望みはないんだ。苦労が多いばかりだ。死ねば却って楽になれるかも知れない」というような事を言い聞かせて慰めてやりました。

梅原は大変に喜んで、

「あなたは本当に良い人よ。あなたがいて下さったから私は今日まで生きて来られたのよ。我儘ばかり言って御免なさいね。あなたの奥さんには悪いけれど、わたし一人では死ねないの。私がちゃんと死んでしまうまで私をしっかり抱いていてね。それからあなたが死ぬのよ」と言いました。それからすぐに凄い眼つきになって、

「でも、わたし信じないわ。あなたは、私が死んでしまったらきっと一人で逃げてしまうんだわ。そうでしょう。あんたって、そんな人よ」と、私の心を見透したような事を言いました。そういう直感の鋭さは、やはり死を眼の前にした人間の澄み切った心だったかも知れません。

私はむしろ慄然としまして、

「そんな事はない。疑わないでくれ。死ぬと言ったら本当に死ぬんだ。さあ、どうやって死ぬつもりか言ってごらん、僕も手伝おう」と言い聞かせてやりました。

この言葉は自殺幇助の疑いがあります。しかしそれは已むに已まれぬ時の言葉だけであって、私としては相手の手段を聞いて置いて、それを防ぐ方法を考えようというつもりでした。即ち自殺幇助が目的ではなく、自殺防止が目的だったのです。

梅原はしばらく私の眼を凝視していましたが、にっこり笑って、

「安心したわ」と申しました。

そのまま私の胸にもたれて十分ばかり眼をつむっていましたので、私はもう眠りかけたのだと思い、そっと抱き上げて牀へ入れてやろうとしました。すると急に眼を開いて、

「まだお酒が残ってるじゃないの。いま十二時半ね。まだ早いわ。これみんな飲んで寝ましょうね」と、よろめくように立って残りの酒を取って来ると、錫の徳利に入れて鉄瓶で温めましたが、やがて、

「ああ疲れた。もう寝た方がいいわね」と言いますので、

「うむ、僕も疲れた、寝よう」と答えました。すると梅原は、

「じゃあこれだけ一息に飲んでおしまいにしましょう」と言い、徳利の酒をコップ二つに分けて注ぎました。私は愕いて、

「君はそんなに飲んだら参ってしまうぞ」と、相手のコップから半分ばかり私の方へ取りました。梅原は、

「いいのよ、わたし飲みたいんだから……」と言って、私のコップからまた取り返し、同じ位

の量にしたと思うと、

「さ、乾杯！」とコップを持ち上げ、縁を打ち合せると同時に一息にあおってしまいました。

私は一度に三分の一ばかり飲んだのですが、何だか嫌な味がまざっているので、うまくないなと思いました。その味のまずさが、合成酒のまざった感じだと思っただけで、それ以外は気にもしなかったのです。梅原は飲み終るとすぐ私の首に両手を巻きつけ、肩に顔を伏せて荒い息をしていましたが、私はそのままの姿勢で煙草を一本つけ、ゆったりと坐っていました。夜更けの部屋で女を抱いて坐っている一種の快感を味わいながら、もうこの女との関係も終りだなという風な事を考えていたのです。すると梅原は崩れ落ちるようにずるずると私の肩からすべり落ちて来ました。私はもうすっかり酔ったものと思い、そのまま抱いて牀に入れてやり、自分はまた元の小机に坐って酒を飲もうとしていたのです。するとその時になって、急に一種の胸苦しさを感じ、吐気を催しました。流しへ行って吐こうとしたまでは覚えていますが、その後は記憶がなく、気がついた時はアパートの管理人の部屋に寝せられていて、もう夜が明けていました。

以上申したような次第ですから、自殺幇助どころか、私は自殺の道連れにされようとして危うく逃れ得たというに過ぎないのであります。梅原はときおり思いついたように日記を書いていました。内容は知りませんが、それは彼女の幻想の手記であって、信頼するに足らないものである事をこの際はっきりと申上げて置きたいのです。

大体以上をもって私の釈明したい点は終っているのでありますが、結論風に私の感想を少しく附け加えさせて頂きたく存じます。

私は今回はからずも告訴せられまして、はじめて人間社会というものを知り、人間の醜さという事を痛感したのであります。世間では出版社の社長という人物、文明評論家という人物に相当の名誉を与え、相当の人格を認めております。しかしその名誉とは何でしょうか。それは彼等の業績を評価したものであり、要するに彼等の存在の社会的意義を称讃するものであります。しかしそれは決して個人的な人格を称讃している訳ではありません。そして社長というような人物の多くが、その個人生活に於ては甚だしく醜悪なものであったり、人格的には甚だしく劣等であったりするという事実に私は今さらのように愕くのであります。

三景書房の社長はその一例であります。彼は「東西文化」を創刊するに当っては神坂四郎の編集上の手腕を必要とし、相当の待遇と敬意とを払ってその協力を求めたのでありますが、ひとたび事業が順調に進みはじめると忽ちその貪欲さと吝嗇さとを現わし、私を追放する事を計画したのであります。狡兎死して走狗煮らるという諺があります。私は今や煮られる犬であります。彼の為に勲功をたてた者が、今は煮られる番になったのであります。

文明評論家今村先生は、かくの如き社会現象を評論しようとはせずに、先生みずからこの愚劣なる社会風潮のなかに加わり、御自分の醜行を掩わんが為にその内情を知り尽している神坂四郎を出版界から葬り去ろうと考えたものであります。この二人の人物は私に取って一面恩人であり、他面に於て仇敵であります。私は自分のお人好しの為にこの人々を疑うことすらもせず、最後まで雑誌事業のために骨身を削り、あげくの果てに告訴されるような事になったのであります。

今村先生は、御自分に都合の良い真相を語られることでありましょう。社長は社長で御自分に都合の良い真相を申し述べられるでありましょう。梅原千代も戸川智子も、また妻雅子も、彼女等の都合のよい真相をお知らせするに違いありません。

しかしながら、真相とは一体何でしょうか。また、犯罪容疑者にあらざる第三者の語る真相とは一体真相でありましょうか。真相を語る人々が、自分の立場を有利にするためにどれだけの細密な注意を払い苦心を罩めているかは、誰しもが察し得るところであります。従って彼等が語る真相は真相ではないのであります。それでは真相は一体どこに在るのか。私は知りません。ただ私は、嫌疑を受けた者の必死な努力と、憤りと、無念とをもって、私が関知した限りの真相を申し述べたに過ぎません。私は世間の判断も、また司法当局の判断も、結局は「真相」を発見し得ず、真相らしきものを想定して、それによって私に判決を与えられるであろう事を知っております。私はその与えられる判決に抗弁しようとは考えておりません。何となれば、裁判とは客観的な活動でありますが、犯罪に於ては客観的な真相などというものは無いのであります。

今日私が申し述べました真相は、あるいは大部分が嘘であるかも知れません。嘘であるという証明も本当であるという証明も出来ないのであります。一例をあげて申しますならば、私が妻雅子に今もなお愛情をもっているかどうか、誰にも解りません。戸川智子と結婚するつもりでいたかどうか、それも判定はつけられません。今村徹雄先生を怨んでいたか、それとも先生の力を頼りにし、どこまでもすがりついて行くつもりであったかどうか、それを証明するものは何一つ有りません。有るものはただ外部的資料に過ぎない。私の行為、私の言葉に過ぎない。私の心にある真実は推察されるだけであります。

私はあるいは独立して出版事業を営みたいために、梅原千代を殺してダイヤ指環を横領しようとしていたかも知れません。そうでないという証拠は無いのであります。巧みに誘導して梅原を精神的絶望に導き、自殺せしめ、その間に乗じてダイヤをひそかに取ってしまおうと考えていたかも知れません。また、ダイヤが本物であり、三十万円に売られたので、その印鑑と貯金通帳を奪ったかも知れません。都内の銀行に梅原名義の貯金口座が無かったと警察では調べておられますが、梅原が誰の名義で貯金したかは何人も知らないのであります。もしも彼女が、自分の一切を私に委託する意味で神坂名義の貯金をしていたとすればどうなるでしょうか。また今村先生が、私よりも先にそのダイヤに眼をつけ、ダイヤを手に入れる前提として梅原を手に入れたものと考えたらどうなるでしょう。梅原は今村先生の愛情は受けたけれどもダイヤを奪われる危険を感じて、先生の家を出てしまったと考えることは出来ないでしょうか。

業務上横領の点についても、社長には広告料一万円と報告して置きながら、広告主からは一万三千円を受取っていたかも知れません。その真実を調べる為には「東西文化」の創刊以来の広告主全部についてその帳簿を調べなくてはならず、帳簿以外に何等かの金品を受けた場合はもはや調査の方法も無いのであります。また、私が消費した金額が、東西文化の為に用いられたか単なる私の遊蕩(ゆうとう)の為に用いられたか、その判定をどこでつけることが出来るか。私すらも知らないこの真実を誰が判定するでありましょうか。私は、その真実を知り得たと考える人によって、明確に裁かれてみたい欲望を感ずるのであります。

しかしながら私は、繰り返して申しますが、判決に抗議する意志はありません。何となれば、人間社会に於ては、(真相らしきもの)が、即ち(真相)でありますから。

これ以上、何も申し上げる必要はあるまいと存じます。

〔1948(昭和23)年11月〜1949(昭和24)年2月「新潮」初出〕

風雪

また冬が来た。幸福な家庭も不幸な家も、雪の朝は一様に白い。雪と一緒に、敗戦の不幸もまた人々の心の上に重く降り積った。降りつもった下で社会は動く。氷河のように徐々に流れて行く。明るい村里の春に流れつくのは何年のさきのことか、誰も知らない。それまでは、畑の麦のように雪をかぶって生きて行かなくてはならない。

畑の麦は春が来るまでのあいだ、息をひそめてじっと雪の下に埋もれている。何とかして生きて行かなければならぬ。最大の希望は最大の苦痛でもある。

また冬だ。……この冬はいつもの年の二倍くらいも永いように女は思った。永いと思ったのは短いことを希望するからである。希望しても冬は短くはならない。短くならないから一層辛い。辛いから冬は一層永くなる。その永い冬を通して男は寒さに苦しむ。それを見ている女は見ている辛さに耐え難い。辛さが女にとって二重になる。

寒さが加わり街に雪が積ると、元陸軍少尉中原宏は野戦病院で切断された右足から右の腰にかけての坐骨神経痛がひどくなって、夜も昼もほとんど眠らなくなった。岡部貞枝は頭からショールをかぶり、粉雪の降るなかを走って薬局へ行き、睡眠剤を買った。病人が眠る。眠っているあいだに冬は十分二十分と過ぎてゆく。沢山ねむってくれると女は嬉しい。春がきたら治るだろうと信じているから嬉しい。治らなかったらどうするか、そこまでは考えていない。考えないことによって女はたまゆらの平和を得ている。心の怠惰が辛うじて彼女の平和を支えていたのだ。

彼女は中原宏と同棲してこのアパートに住んでから見る見るうちに汚ない女になった。女が汚なくなるということはよほど深い理由がある筈だ。冬が来ると忽ち指の節々にあかぎれを切らし、耳朶（みみたぶ）には凍傷ができた。彼女は一日じゅうエプロンをかけて息を切らしながら美しい声で歌をうたっていた。歌をうたうからには生活に満足していたに違いない。汚なくなってしかも満喫しているのだ。どのような幸福が彼女に恵まれているのか、誰にも理解できなかった。彼女は看護婦になるために生れてきたような女である。病人の看護をすることが何にも増して楽しそうに見えた。その楽しさに耽溺して、化粧することも身づくろいすることも、あるいは眠ることさえも求めていないようである。この部屋の真上で佐々木史子（ふみこ）は毎朝ピアノを弾いた。下の部屋では岡部貞枝がピアノに合わせて歌った。午前は自宅教授で、午後は出張教授である。ピアノが聞えなくなると病人は眠る。眠っているあいだに冬は二十分三十分と過ぎてゆく。春が近づく。近づく春を待つあいだに、岡部貞枝は洗濯をやり炊事をやる。

屋上の物干し場では北風がまともに吹きつけて、洗濯物は懸けてゆく端から凍る。凍ったままで北風と一緒にばたばたと踊る。中原宏は右足がないが、彼のズボン下にはちゃんと二本の足がある。右側の穴には一度も足がはいったことがない。二本足のズボン下が竿の上で踊る。女は胸が痛い。痛む心を誰かに訴えたいが、良人は眠っている。彼女は階下へ降りる途中で五分か十分だけ佐々木史子の部屋を訪ねる癖があった。

「おおつめたい。あたらして！」

彼女は小娘のように洟水をすすりながら火鉢に手をかざし、白い息を吐いた。その健康な赤い唇や肉つきの良い胸に幸福があふれて見えた。この人の生活のどこに幸福があるのか、佐々木史子は眼を見はって打ち眺めた。神経痛で毎日唸っている片足の男に、彼女を無反省にするほどの愛撫があろうとは思われない。女は幸福を問題にする。佐々木史子の常識から言えば、女の幸福は男から貰うものである。しかし中原宏には女に与える幸福など何もない筈だ。彼女は常識をもって判断しようとするが、岡部貞枝は常識からはみ出していた。判断がつかない。不思議である。不思議を不思議とし、解らないことを解らないとするのは自分の敗北である。敗北したくない場合には積極的に相手を軽蔑するに限る。常識に立つ女は非常識の女がわからない。そこで相手を軽蔑する。ピアノの前に腰をかけ両足を組み、煙草を咥えて相手を見おろす。相手はかじかんだ指を火鉢に温めている。中指の節のあかぎれから血が流れていた。その傷を彼女は獣のように舌を出して舐めているのだった。相手から軽蔑されたことなど意に介していない。

「汚ないのね。拭きなさいよ」と史子はスーツのポケットから紙を出して貞枝の膝に投げた。

貞枝は鼻をしかめて笑った。

「おいしいのよ」

指から流れた血を汚ないと思うのは常識で、おいしいと言うのは非常識だ。その二つの感情は並行線であって、妥協の余地はない。佐々木史子は辟易して黙って見ている。岡部貞枝は流れる血が或る程度たまったところで再び舌を出して舐めた。（いいじゃないの！）という不敵な態度だ。指の血をおいしいという心の中に、不幸の影は無い。血を舐めた唇が瑞々しく赤い。身づくろいを忘れた女の姿が泥まみれになって遊び呆けている子供のようにあどけなく見えた。

「あなたは幸福ね」

ピアニストは一転して批判的態度に出た。戦いに敗れてから、戦争は罪悪だと宣言する国家に似ている。彼女は戦いを抛棄(ほうき)して、冷然と相手を見おろした。無智な幸福に酔うた姿は他人の眼には情痴としか見えない。専門教育をうけたほどの岡部貞枝が、経済的にも肉体的にもほとんど無能力の中原を抱えて、一人の男性を身近にもっているという、ただそれだけの事に無上の幸福を感じているものならば、あまりにも無智だと思う。しかし批評家は常に実行家には勝てない。まるで無智になり切って幸福にひたっている、その単純さは、打ち克(か)ち難い強さをもっていた。非常識は常識よりも強烈である。

「私が幸福だって言うの？」貞枝は首を振って笑った。寒さで赤くなった頬のなかに複雑な影が動いた。「私が幸福かしら。そんなこと、ちかごろ考えてもみないわ。史子さんの方がよほど幸福だと思うわ。私など、生きて行くだけでせい一杯……」

眼に涙があふれていた。言葉より先に涙があふれるのは、何かせつない思いが胸にたまっていたのだ。相手は愕いて見おろす。やはり不幸なのだと、半ば安心半ば同情する。常識で判断がついたのだ。片足の男を良人にもつことは不幸に違いない。ところが不幸な筈の女はエプロンの裾で涙をぬぐい、嫣然と笑って立ちあがった。

「さあ帰ろう。私も一日じゅうピアノを弾いて暮したいわ」

その言葉は羨望のようでもあり皮肉のようでもあった。反語かも知れない。一日じゅうピアノを弾いて何の役に立つのかと、手きびしく軽蔑されたようでもある。常識の判断はふたたび崩れた。

小さな旋風のように彼女の心を揺り動かしたまま岡部貞枝は帰って行った。帰って行く小走りの足音が、後足で砂をかけるという工合に冷淡に聞えた。史子は火鉢の上にかがんで炭火を置きなおした。毎日ピアノを弾いて暮す自分が何かしら淋しい。自分の生涯にとって音楽が何であろう。一つの趣味。生活の糧。それ以外の何ものでもありはしない。生きて行く明日に期待すべきものは、何も無かった。ただ、生きていさえすればどこからか幸福が湧いてくるかも知れないと思う。いつ姿を現わすかわからない主イエスを迎えるために、灯し火をかかげて待ったという聖書の中の娘たちのように、彼女はいつかしら現われるであろう幸福を溜息しながら待っているのだ。待つこと数年にして灯し火の油は尽きんとしている。戦争が、幸福の希望を奪い去った。フィリピンで死んだ男は、遺骨さえも帰っては来ない。胸に描かれた家庭の設計は空疎な約束にすぎなかった。指折って数えても片手の数に充たないほど、幸福の経歴は乏しかった。それ故に却って記憶は新鮮で、貴重でもあるが、失われた幸福の幻影を思えば現在の生活の寒さが心に沁みる。ピアノは思い出の韻律をかなでるばかりで、希望の歌はうたわない。

岡部貞枝はほんの五秒ほど泣いた。生きてゆくだけがせい一杯だと言って歎いた。女の涙は不可解である。あの歎きと涙のなかに、やはり彼女の幸福が充ちあふれていたようにも思われる。生きてゆくことがせい一杯の女には、せい一杯に生きているという幸福感があるに違いない。そこまで考えると佐々木史子は人生がつまらなくなった。人生をつまらないと感じたとき、女はしばしば化粧をする。化粧をすれば別の人生がはじまると思っているらしい。

いつも出教授に行く邸宅から今夜は舞踏会に呼ばれていた。誘われれば毎夜のように彼女は遊びに出かけた。遊べば遊ぶほど心の疲れが重く胸の底にたまってくることに、ちかごろ気がついていた。しかし遊びに行かなければ一人で夜を過せない孤独に苛まれた。彼女は鏡にむかって口紅を塗った。赤という平凡な色だけでは、この唇のさびしさは塗りかくせないような心の迷いを感じた。

戦争がはげしくなったとき、彼女は自分から志願して陸軍病院の看護婦になった。看護婦を志願したのは、女子徴用令によって工場に追い込まれることを嫌ったからでもあった。それともう一つは、傷ついて弱くなった男たちのからだを自分の手で扱うことに、母親のような喜びを期待していたのだった。母親がその子を弄ぶように、岡部貞枝は患者を弄んでいるようにさえも見えた。彼女は弱り果てた男たちの間で、いつも快活で愉快であった。

戦争の続いていたあいだ、中原少尉はまじめで平凡な患者にすぎなかった。職業教育がはじまると、彼は懸命になって珠算を勉強した。優秀な計算の技倆を養って今後の生計を立てようというのだった。戦争が終ったその日から、彼は尖鋭な病人になった。ひねくれた、怒りやすい、憂鬱な患者になった。岡部貞枝の注意を惹いたのは、そのひねくれであった。

彼は両親と妹とを戦災で失い、一本の左足に五尺の身を託する孤独な患者になっていた。病院が閉鎖されるとき、行き所のない中原少尉を貞枝は自分で引きとることにきめた。すると中原は腹をたてて言った。

「俺は乞食をしたって野垂死したってかまうことはないんだ。放って置いてくれ」

「だってあなたは神経痛で動けないじゃありませんか。乞食だって出来やしないわ」

「動けなけりゃ黙って寝ころんでるさ！」と彼は不敵に笑った。

「あなたには安静が大事なのよ」と看護婦は母親のように豊かな微笑をもって答えた。「あなたの病気が治ったら何でも勝手におやりなさい。どこへ行こうと自由よ。でも、病人のあいだは看護婦の言うことに絶対服従よ。わかって？」

病院の自動車で岡部貞枝のアパートに引きとられてから、形式は夫婦関係であったが、実際は患者と看護婦との立場であった。中原はほとんど女を憎んでいるように見えた。医師を招くことを拒み、鎮痛剤の注射を拒み、算盤をたたき壊し、苦痛に唸りながら松葉杖をついて近処を歩きまわった。彼女に対する一片の感謝も愛情もなさそうであった。却って彼女を困らせようとしているように見えた。そういうひねくれた患者をかかえて岡部貞枝はいつも鼻うたを歌いながら仕事をしていた。

「病気の人ってみんなあんなのよ。一々気にしていたら看病なんかできやしない」

佐々木史子の不思議そうな表情にむかって彼女はただ笑って答えた。職業的な看護婦の感動を無くした言葉つきであった。あるいは彼女は中原に対して格別な愛情をもっていたのではなかったかも知れない。笛を吹いてコブラを踊らせる蛇使いのように、この手に負えない患者を踊らせる遊びに却って残酷な喜びを感じているようにも見られた。秋から冬にはいり、寒さが加わると神経痛は次第にはげしくなり、微熱があった。患者は抵抗するすべもなく終日牀によこたわり女のなすがままになっていた。そのようなとき、貞枝は屋上の物干し場から降りるついでに史子をたずねて、

「今日は病気が悪いのよ。うんうん唸ってるわ」と言って笑った。

その笑いを見ると、佐々木史子はいつもの事ながらいらいら立たしい気持にさせられた。この笑いのなかには偽りがある、不正直なごま化しがある。ごま化しでなければ冷酷無慙な笑いだ。

「なぜあなたは笑うの？」と彼女はついに言ってしまった。「中原さんが唸っているっていうのに、どうして笑っているの」

「だって、仕様がないわ」

「そんな言い方って無いと思うわ。あなたは愛情がないのね」

「ないらしいわ」と彼女は平然として言ってのけた。それが当然だと佐々木史子は考えた。片

足の男に対して愛情がある筈はないのだ。

「それで……よく一緒に居られるわね」

「だって……」と貞枝は強く押えた。「だって、これからさき、なんにも希望がないんだもの」

その顔が、まだ微笑していた。史子は真剣になって訊いた。

「どうするつもり？……これからさき」

「先のことなんか考えていない。一日々々生きて行くだけでせい一杯よ。それでいいじゃないの。あなただって、これから先の計画なんて何も有りやしないわ。ピアノを教えて毎日生きて行くだけよ。誰だってそうよ、私だけじゃないわ」

話をそこまで持って行くつもりはなかった。思わぬところで手きびしい反撃をうけると、自分の生活の空虚さが見せつけられた。明日に、何の計画があり何の希望があろう！　史子は死んだ男のことを思いだした。そして自分のだらしなさが悲しいほど痛く胸にしみた。それにしても岡部貞枝は何を好んで中原宏という跛（びっこ）の男と一緒になったのだろうか。そんな先の見えない幸福に身をささげて明日の希望を犠牲にする愚かさ！　（傷痍（しょうい）軍人の手足となる）という美名にたぶらかされて、希望なき結婚に身を沈めた女の愚かさ！　彼女は自分の愛人が、傷痍軍人などにならないで、ちゃんと死んでくれたことを有難いと思った。

「わたし、あなたの気持が、どうしても解らないわ。解っても賛成できないの。何だって好きこのんで足のない人と結婚するの」

「いいじゃないの、そんなこと」

侮辱を感じたのであろうか、貞枝の返事は意外に手きびしかった。

「よくないわ」

「わたし、足のことなんか問題ではないと思うの」

「問題よ。大問題よ！」

「問題じゃない。それはただ諦めるかどうかっていうことだけだわ」

「何のために諦めなけりゃならないの」

「では、結婚してから後で交通事故か何かで片足になったら、あなたは離婚するの？」

「それは違うわ」

「同じことよ。私は同じ気持。愛情はからだの形とは関係ないわ」

「有る。からだの形の崩れた人は心も崩れていると思うの」

「その崩れた心を愛することだってできるわ」

「では、あなたはあの人を愛してるの？」

「どうだかわからない」と貞枝は首を振った。「愛情なんか、どっちだっていいの。有っても無くても同じよ」

それが（生活）というものであった。愛情が有るといえば豊かに有るようでもあり、そのかわりに沢山の憎悪もあるらしい。絶望もしばしば感ずるが希望を抱いてみることもなくはない。

希望というよりも幻想かも知れない。幻想でも希望でも同じことなのだ。もしかしたら、絶望も希望も同じものかも知れない。中原は苦痛がはげしくなると平手でもって胸毛の生えた胸をたたき、歯ぎしりし、熱のある腕のなかに彼女を抱きしめ、締め殺すのかと思うほどかき抱き、冷汗をながしながら物狂おしい欲情に身を投げこむのだ。その絶望的な抱擁のなかで彼女は輝くばかりの希望に陶酔するのである。男が不具であるが故に、右足が途中までしかないために、却って彼の健康な欲情を貴重なものに感ずる。——この絶望と希望との奇怪な一致点に、愛情もあれば憎悪もあった。明日の希望というべきものはなくとも、今日の錯雑した感情のたたかいのなかに、一人の女を生かす力があった。生命という、なま身に宿る魔性のものを、生かす(力)があった。

「温泉へ行くことにしたの。あなたを温泉へ連れて行ってあげるわ」と貞枝は耳元でささやいた。窓硝子(ガラス)に凍るような冷たい月の光があった。十二時をすぎていた。両手を男の首に巻き、厚みのある肩に頬をもたせかけて、彼女は熱い息を吐いた。

「冬のあいだじゅう温泉場に居るの。二階の佐々木さんね、あの人のよく知っている宿屋なんだって。小さい離れを借りて自炊するの。そうすれば暢気でしょう。そしてうんと温まれば治るわ。神経痛には一番よく利くんですって。行く時は担架に乗せられて行くような人が半月ぐらい経つと自分で歩いて帰って行くんだって。良いことを聞いたわ。佐々木さんから今日手紙を出してもらうことにしたの。汽車で二時間よ。二時間ぐらい大丈夫でしょう。汽車の中へ湯たんぽを持って行きましょう。山の下で、沼があって、景色のいい所なんですって」

「余計なことだ！」と中原は顔をそむけて呟いた。「温泉なんかで治るもんか」

「黙っていらっしゃい。患者は絶対服従よ。軍隊とおなじ。……私は信じてるわ、きっと治る。あなたは治らなけりゃ駄目。治ったらもっと明るい気持になれるし、元気も出るわ。病気に負けてるのよ。弱虫ね。それで朝から晩まで私をいじめてるのよ。文句ばっかり言って。あなたは治そうとする気がないのね。……寒い！」

彼女は一層かたく男の首を抱いて身ぶるいした。

「治ってね。早く治るのよ。そうすれば楽しいことが一杯あるわ。あなたは算盤をもっと稽古してどこかの会社へつとめるの。お役所でもいいし。私は実科女学校か家政女学校につとめ口が見つかると思うの。共かせぎよ、男女平等だから。……そしてね、もっと綺麗なアパートを探すの。アパートの方が簡単でいいと思うの。わたし電気蓄音器の良いのを買いたい。レコードをうんと集めて。あなたは勤めの暇々に油絵をやりなさい。夏やすみにはアパートに鍵をかけて海か山かへ二人で写生旅行にゆくの。楽しいわ。いくらでも楽しめることが有ると思うわ。子供はよしましょうね、ね。私は一人ぐらいあってもいいけれど、あなたはまた、きっといらいらするだろうと思うの。二人だけでいいわ。そうじゃない？……寝たの？」

相手は顔をそむけたまま身動きもしなかった。貞枝がさしのぞいてみると、窓の月光をうけて彼の閉じた眼に光るものがあった。彼女は両腕に男の頭をかかえ、唇で涙をすすった。不思議な味。頬の髯(ひげ)が痛いほど伸びていた。中原はされるままに身をまかせていた。もはや、この同居生活は打ち切らねばならない、これ以上なが引かせてはいけない。そう思うすぐあとから、女の愛撫に身をひたしている心地よさに未練を感じていた。その心地よさが、明るい、嬉しいものではなくて、敗北に身をまかせ泥沼に身を沈める絶望の喜びに似ていた。こういう絶望のなかでも人間は生きて行けるかも知れない。絶望には絶望の魅力があり、虚無感のなかにも一種の満足があるのだ。

一本の足を失ったのが、彼にとっては全身を失ったにひとしかった。むしろ全身を酷熱のビルマの土に埋めるべきであった。それならば、憂いなき屍(しかばね)の上にジャングルの赤い花も咲いたであろう。この腐敗せる国家、この焼けただれたる国土。彼は戦災によって帰るべき家を失ったが、同時に帰るべき国土をも失っていた。敗戦後の国家社会に対する憤りと憎悪とが、やがて自分の腑甲斐(ふがい)ない肉体に対する憎悪をみちびきだした。このみじめな跛、この悲惨な不具者。道で会う人ことごとく顔をそむけて行く、この醜骸。——醜骸をさらして生きて行くことの意味がどこに在るのか。戦争の目的は知らぬ、善悪は俺は知らぬ。ただ命をかけた戦いは意義を失い、命を託した肉体は破壊された。それだけで充分だ。女の不思議な愛情にぶら下って、この醜骸をまだ生かしている自分の料簡が醜いのだ。肉体が醜くなれば根性まで汚なくなるのかも知れぬ。温泉が何だ。痛みがたとい治ったにしても、誰が役所につとめてそろばんなど弾(はじ)くものか。死ねば、この女も楽になる。この女は恐らく不死身だ。無限の愛情をもっている。何人の男をでも次から次へと愛して行けるだろう。この女は男に愛されるやつではない。自分で愛するやつだ。だから自分で自分の愛情に満足して行けるに違いない。日本の社会がどんなに腐敗し靡爛しようとも、この女はやはりその中で笑いながら毎日を生きて行く悪魔のようなやつだ。……彼女は両手を男の首にまいたまま疲れて眠り始めた。中原は殴り飛ばしたいような憤りを罩めて乱暴に背を向けた。月が眩しいほど白かった。

鶴田に初めて会ったのは三カ月もまえであった。彼は交響楽団の第一ヴァイオリンを弾いていた。ダンス・パアティで紹介されて、佐々木史子は何度か踊った。芸術家らしく痩せて、深い憂いをたたえた青い美しい眼をしていた。

二度目に同じ邸のパアティに行ったとき、鶴田は彼等の音楽会に招待してくれた。そして三度目にまた同じパアティで会ったときには、彼女が伴奏して二人で二、三の舞踏曲を弾いた。

「佐々木さん……」と彼は困ったような顔をして言った。「一度あなたに、ゆっくり伴奏をお願いしたいと思うんですが、僕のうちを訪ねて下さいませんか」

「ええ、私こそお願いしますわ。お宅はどちらですの」

「それが遠いんです。汽車で二時間も行かなくてはならないんです。御存じですか、温泉のある町で……」

岡部貞枝が中原を連れて行こうという湖畔の町に彼は住んでいた。そこまで訪ねて行くのは億劫というよりも、帰りが遅くなったり、泊ったりするようなことになりはしないかと逡巡された。

「温泉にでもひたるつもりで、遊びがてらゆっくり来て下さい。うちには母と弟と二人しか居ないんで、暢気ですよ」

「ええ。……それよりも、私のアパートへ来て下されば、いつでも伴奏いたしますわ」と史子は言った。もしもそういう約束ができたならば、飲み物や食事の支度もして、楽しい半日を過せるように、心づもりさえもしていた。

それから間もなく楽団の事務所から鶴田が電話をかけて来た。明日おたずねしたいと言うのである。史子は午後の出教授があって、帰りは四時ごろになる。帰って二人の夕飯の支度をして、五時に来てもらえば丁度よさそうに思った。演奏は食後である。

鶴田はしなやかなからだつきに、紺サージの服をぴたりと着て、ヴァイオリンの弦を走る指が長くて美しかった。歯切れの良い、強い弾き方であった。言葉少なくて、誠実そうに見えた。一番大事なことばかりを思いつめて、どんな時にも心を乱さない男のように思われた。もしも彼と結婚するようなことになったとしても、彼女の仕事に一番ふかい理解をもつ良人であるに違いない。史子は鶴田を注視し、彼の態度や言葉の変化に心を奪われていた。大切な、見落してはならない彼の愛情の表現を、もしもうっかりと見落したら取り返しがつかないような気がした。

　約束の日の午後、佐々木史子は出教授に行った家で、理由をこしらえて早目に稽古を切り上げることにした。この大事な日をおろそかにしてはならない。女に与えられる幸運は一瞬にして来たり、一瞬にして去る。常に油を備え、灯し火をかかげて待たなければならない。今夜は、或いは生涯の記念すべき日となるかも知れないのだ。些細な怠惰が、その記念すべき日を無駄にしてしまうことだって有り得る。

　彼女は買物をととのえて、寒い風のなかを小走りに帰った。あと一時間あまり経てば、幸運が訪ねて来る予定であった。

　玄関をはいると、岡部貞枝の部屋をのぞいてみた。

「居らっしゃる？　寒いわね。今日はお客さんがあるの。ほら！　御馳走を買って来たところよ」

　中原の痛む足をさすっていた貞枝は、入口まで立って来て真面目な顔で言った。

「あなた御電話よ。二度もかかって来たわ。またかけるって言うことだった」

「どこから……」

「高木さん」

　何か胸騒ぎがあった。高木威夫はフィリピンで戦死し、婚約は消滅し、高木家との交際も絶えた筈ではないか。二度も電話をよこした理由がわからない。

　事務所で電話のベルが鳴った。

「行ってみるわ」

と史子は小さく言って、買物の肉や野菜をかかえたままアパートの管理人のところへ行ってみた。

「あたし房子です。おわかりになって？」

と相手はせき込んで叫んでいた。高木威夫の妹である。

彼は死んだのではなかった。電報があって今日の五時に駅へ着くというのである。佐々木史子は電話を聞きながら泣いた。そして五時までに駅へ行くと約束をして受話器を置いた。

「岡部さん！」

と彼女は涙を拭きながら再び彼女の戸口に立った。

「帰って来たの。生きていたのよ。わたし今から行って来るわ。ああ、どうしたらいいんだろう」

岡部貞枝も入口の柱にもたれてほろほろと涙をこぼしていた。諦めていた幸運であった。幸運は諦めたあとから来るものかも知れない。

佐々木史子は、自分の部屋の台所に買物の包みを投げ出すと、紙片を探して走り書きをした。

（急の用事で、お約束をして置きながら出かけます。お許し下さい。いずれは改めてお詫び申上げます。佐々木）

その紙片を入口の扉にピンで押えると、腕時計を見ながら再び寒風の街に出た。

帰ってくる、帰って来る！　何を措いてもこの帰ってくるものを出迎えなくてはならない。

記念すべき日、幸福のよみがえる日。

彼女は走りながら涙を拭いた。何も見ず何も聞かず、ただ自分の胸のなかから沸きあがる数々の叫びや愕きや喜びの交響曲を聞いていた。胸のなかで殆ど消えていた筈の昔の歓喜の記憶、幸福の記憶が、なまなましく甦り血潮を搔き立てた。孤独感は消えてしまい絶望感は忘れてしまった。

片足の中原と岡部貞枝との幸福を羨み、または軽蔑していた。それら一切は何ものでもなかった。

道に溶け残った雪があり、その上にふたたび粉雪が降りはじめた。彼女は鶴田のことをほんの少ししか考えはしなかった。最初の男性が存在するかぎり、第二の男性は問題にならない。時計は四時二十分である。最初に、彼が汽車を降りて来たとき、どうすればいいのか、そのことを考え迷いながら、彼女は汗をかくほど喘ぎあえぎ雪道をいそいだ。

駅前の広場は雪で白くなっていた。広場が白いので駅が黒くくすんで見える。黒い駅のフォームに真黒な貨車が止っている。何もかも黒い。この黒い駅から彼女の明るい幸福が出てくるとは思われないほど、風景は感情とちぐはぐであった。

まだ十五分まえである。玄関口に褐色のオーヴァを着た高木房子が立っていた。髪をすっかりパーマネントにして、十カ月ばかり会わないうちにまるで違った娘になっている。濃すぎるほどの化粧、洒落れたチョコレート色の靴、胸につけた大きな金色のブローチ。どこかに勤めを持つようになったのであろう。それも派手な職業についているらしく見えた。笑えば昔ながらの歯並びの乱れが田舎びて、むしろ純真な小娘に見える。

「しばらくね！」と馴れた口調で呼びかける。「今朝、突然の電報だったの。名古屋から。……ほんとに夢のようよ。愕いたでしょう。お母さんなんか今まで泣き通しよ。待合室にみんな居るの」

　佐々木史子は道を急いだので息切れがまだ止まない。額の汗を拭き、肩で息をした。ひとたびは解消された婚約が、文句なしに元に戻してもらえるならば、何も言うことはない。高木威夫があの頃と同じやさしい感情をもっていてくれるかどうか。心配はむしろその方であった。荒々しい戦場が彼をどのように変化させたであろうか。会ってみなければわからない。

　改札口から待合室にかけて、人は一杯であった。寒風が建物の中を吹きぬけて行く。レールの上に粉雪が散る。高木家の両親はベンチに並んで坐っていたが、はッと愕くほど衰えていた。殊に父親の方は見る影もなく老いしなびて、一年まえの俤はなかった。退役陸軍少将で、堂々たる体軀をもてあましているような人であったが、まるで別人のように見えた。母親が涙を拭きながら佐々木史子の胸にとりすがるようにしてかき口説いた。

「有難い有難い、ほんとによく生きていてくれました。あんたにもな、お話ししなけりゃならん事が沢山あるから、一緒にうちへ来て下さいよ。威夫だってどんなにかあんたに会いたかろ

う と思ってな、今朝から三度も電話をかけたんですよ」

黙ってうなずきながら聞いていると、涙が流れた。悲しいほど幸福で、いらいらと時計を見る。高木老人は立ったり坐ったりして落ちつかない。改札口へ行って待っていようと言い、何か帰りの乗物はないかとぶつぶつ言い、風呂を沸かして置かなかったと老妻に叱言を言った。喜びが叱言になっているのだ。出発するときはこの駅のフォームに、百人も集まって歓送の歌をうたった。史子は四年まえのその日の風景をまだ覚えているが、帰るときは両親と妹とだけの出迎えであった。

入場券を買ってフォームにはいると、粉雪は風をまじえて軒の下を斜めに流れた。遠い山が稜線(りょうせん)を見せて三角になった。電線が鳴る。レールの果てに煙が見えた。佐々木史子はその煙を見ながら柱のかげで眼を閉じた。血潮が沸き立って頭へかけあがる。鶴田がいまごろアパートへ来ているかも知れない。もうあの人とつきあう必要はない。彼女は高木房子の手を握って近づいて来る汽車を待った。自分ひとりでは立っていられないようである。この義妹の手を握って、心の動揺を緩和したいのだった。

汽車がフォームにはいる。降りてくる人を眼を光らせて探す。そのくせ何を見ているのかわからない。眼と頭との連絡が絶えて、痴呆になったようであった。……居ない。

「居ないわ。どうしたのかしら」

房子はずっと後尾の方へ走って行った。老人夫婦はうろうろと前後を見まわしている。群衆はブリッジの方へ次々と行ってしまう。

　佐々木史子は遠くから近づいて来る軍服の男を見つけた。房子がその横につき添うている。男はひろい肩幅、背丈も高く、汚れた戦闘帽子。左手に風呂敷包みを持っている。しかし、右手には何も持っていない。右手の袖は粉雪をまじえた風にあおられて、物干し竿のシャツのように肩の上までひらひらと翻った。

「ああ！」

　よろめいて、彼女はフォームの柱につかまり、柱のかげにかくれた。眼がくらみ、全身の血が冷えて行くようであった。眼が見えない。彼女は絶望を感じ、たらたらと冷汗を流した。岡部貞枝の生活が瞼にうかぶ。自分もまた彼女と同じ運命の淵に落ちこむのだ。


　妹の派手な服装が最初に眼についた。それがまともな堅い職業についている女の服装でないことはひと眼でわかった。この華やかさが、戦いに敗れた国を象徴している。戦いに敗れて、意気地なく、生きて行くことが困難になれば、装いは華やかになる。この華やかさのなかにあらゆる悲劇が包まれているに違いない。

　熱帯の国から帰されて来た捕虜は、日本の港で外套も着せては貰えなかった。寒さが骨にしみる。祖国の寒さだ。妹の華やかな装いは、更に兄の心を寒くする。生き難い国に帰って、右手を失った男がどのようにして生きて行けるものか、前途はわからない。軍服の右袖がはたはたと翻る。押えようにも押える手は一本しか無い。反抗的に大股に歩む。袖はますますひるがえる。憤りが頰にのぼる。

両親が立っていた。老いしなびた二人が二本の枯木のように並んで立っている。この衰えた姿もまた敗戦の国を象徴している。老いた者はますます老いしなび、若い者はいたずらに華やかさを追う。その二つとも、同じ悲劇を背負った悲惨な姿である。

「帰りました」と馴れた習慣で直立不動の姿勢をとる。帽子を脱ぐ手は無くなってしまった。老人は二人とも、ただ聞きとれない言葉を呟きながらうなずいている。涙が二人の眼からあふれた。二人のうしろに彼は佐々木史子を見つけた。何という蒼ざめた顔！　醜いほど蒼い。唇の紅だけが顔のなかで赤い。愛情が急には甦って来ない。愛情の歴史は一つ一つ頭のなかで生きているが、胸に温かい感情が湧いて来ない。

「お母さん、帰りましょう」と、先に立って階段を上った。

右手が無いから愕いているに違いない。史子の蒼い顔もそれだ。父が物を言えなかったのもそれだ。無くなった右手に腹が立つ。遣り場のない怒りだ。遣り場がないから父や母や佐々木史子に対して腹が立つ。右手が無いからどうしたと言うんだ。帰って来た喜びがどこにも無かった。母と並んで、

「うちはどうです」と言った。

父の恩給も無い筈だ。今日の物価騰貴に、生活を支えきれるほどの貯えも有りはしない。母

はためらいながら、

「房子が働いてくれるのでね、助かっているんだよ」と言った。

「どこで働いてるんです」

「それがね、普通のおつとめではとても暮して行かれやしないからね、まあしばらくというつもりでね。……この町にもダンスホールが出来てね、九月からぼつぼつ……」と言葉を濁した。

駅を出て寒い風の巷（ちまた）を歩く。駅前の大きな店々はみな小さなバラックのマーケットになっていた。ここも戦災を受けたらしい。高木威夫は黙って両親と肩をならべて歩いた。妹と史子とは二、三歩遅れて来る。彼は自分が一度は戦死を伝えられた身であるとは知らない。したがって史子との関係が、解消されていることも知らなかった。愛情は急には胸に甦って来ない。しかし二人の関係については疑ってもみなかった。自分の籠のなかの自分の鶏を見るように、安心して見ていた。

ただ不満なのは、彼を迎えて誰ひとりとして喜びの表情を示した者がないのだ。笑顔を見せた者が無いのだ。母は弁解し、涙をながす。父は喜びの感情を示す能力も失ってしまったようである。妹は事務的で、史子は一歩はなれた所から蒼い眼で見つめている。その眼に恐怖を見た。あいつは片輪が怕いのだ。

しばらく歩いてから、房子が兄の横にならんだ。ふりかえると史子が居なかった。

「あのひとは今日は何かお約束が有るんですって。明日うちへ来るって言ったわ」

彼は何も言わなかった。暮れ落ちた冬の巷を粉雪ばかりが白く縞になって流れる。佐々木史子は挨拶もしないで横道へ外れて行った。その他人めいた仕打ちがぐっと胸に来た。あいつは俺を避けるのかと思う。ひがみかも知れない。何も言わないで帰ってしまった冷たさ、あの蒼ざめた顔。孤独な気がする。右手が無いから孤独なのだ。右手はそれほど大きく運命を左右するらしい。いまは平和である。戦争がなくなれば右手の無い男は女に喜ばれなくなるらしい。(誰の為だ!)

彼は反抗的に大股に歩いた。

「寒いや。急ぎましょう」

右の袖が粉雪のなかで音をたてて翻った。

途中から、口実をもうけて別れた。明日にでもお訪ねしますからと房子に言いわけをして、高木には何も言わずに横道に外れると、暮れ落ちた道の暗さにかくれて、佐々木史子は泣きながら歩いた。粉雪は髪に降り、襟を濡らした。

アパートの扉には鶴田の名刺がはさまっていた。明日の午後に電話を下さいと鉛筆で書いてある。行かなければよかった。この部屋に鶴田をむかえ、一緒に食事をすれば、今ごろは彼のヴァイオリンに伴奏していられた筈だ。彼が示すかも知れない愛情の表現を、決して見落すまいとこの一カ月ばかり心待ちにしていたのに、大切な時間は失われて、とり返しがつかない。

二つながら同時に失ってしまったのだ。

そのまま牀を敷いて、ただひたすら眠ろうとつとめた。幸福のおとずれは一瞬の夢にすぎず、前よりも一層ふかい絶望に落しこまれて、立ちあがる気力もなかった。明日、高木を訪ねる気はしない。さりとて、鶴田に会う勇気もなかった。

八時ごろ、扉をたたいて岡部貞枝がたずねて来た。

「居るの、居ないの」

髪を乱したまま内から扉をひらくと、

「寝ていたの？」と貞枝は不審な顔をした。

史子は答えられない。黙って牀の上に坐り頭を振った。

「高木さんはどうしたの。帰って来たんでしょう」

黙ってうなずく。何とでもしてくれという気持だ。この友達と、もはや幸福の量を争う気は毛頭ない。

「もう元に戻らないの？」

「戻らないわ」

貞枝は火のない火鉢を掻きまわして、

「何かひどい事を言われたのね」と言った。

ゆるやかに頭を振り、両手で顔を掩うと、

「何が同じ？」

「あなたと同じよ」と呟いた。

佐々木史子は無言のまま、右手をぶらぶらと振った。風にあおられる軍服の袖が、まざまざと瞼にうかぶ。貞枝にはちゃんと解った。

「そう。……それで悲観してるのね」

良い気味だと言ったようでもある。復讐されたようでもある。

「私にはとても駄目……」

「駄目なことは無いわ。右手ひとつぐらい、良い方よ。あなたは贅沢ね」

岡部貞枝の言い方は、友達をも自分と同じ立場にしてしまいたいようにも聞えた。右手のないことを喜んでいるようでもある。

「贅沢かしら」

「贅沢よ、きまってるじゃないの」

「贅沢かしら」

「右手ぐらい、何でもないわ」

「私には駄目、とても駄目！」と史子は肩をふるわせた。「とてもたまらない。考えるだけでも胸が痛い。毎日なんかとても見ていられない」

「そんなこと、すぐ馴れるものよ」

「いいえ、私はだめ。ちゃんと全部そろった人でなくっては我慢できない。あなたは特別よ」

「だったら別れるの？」

「どうせ諦めていたんですもの」

「高木さんは何て言うかしら」

「御免なさい、わたし寝るわ」と顔をかたむけて言うと、史子は倒れるように牀に横たわった。

「まあ、寝ながらよく考えてみることね」と岡部貞枝は遠くはなれた立場から大人びた言い方をした。

「わたしたち、明日の朝から温泉へ出かけることにしたの。今朝宿から返事が来て、部屋が空いてるんですって。しばらくお別れよ」

それが如何にも嬉しそうに聞えた。幸福を見せびらかす言い方である。歩けない良人を連れて温泉へ行くことが、彼女にとっては幸福なのだ。あるいは新婚旅行かも知れない。彼女は良人の不具を何とも思っていない。却って普通の人の知らない幸福を、こっそりと味わっているように見える。

部屋を出て行く彼女の足音を眼を閉じて聞きながら、彼女だけが知っている幸福がどのようなものかを考えてみた。何か妖しく異常なものに感じられる。もしも高木威夫と結婚したならば自分にもそういう喜びがあるのだろうか。その喜びの色彩を思うと、水を浴びせられたように彼女は戦慄した。

炬燵に牀を敷いて腹這いになり、中原は雑誌を読んでいた。岡部貞枝は編物の毛糸をとり出して裾の方に坐る。窓の外に樫の木が二、三本生えていて、その固い葉に降る雪の音がきこえる。隣室のラジオが政治演説をやっている。

「佐々木さんね、駅へ行って来たんですよ。高木さんていう人、帰っていらしたの。そしたら……」

彼女はためらいながら編物の指を動かして行った。ためらいは、男の心にひびく程度を考えていたのである。それから敢然として言ってのけた。

「そしたらね、負傷していらしたの。右手を切ったんですって。出迎えるまで誰も知らなかったのよ」

中原は身じろぎもしない。

「聞いていらっしゃる?」

「だからどうだって言うんだ」

怒りを含んだ言葉を頭から浴びながら、彼女は少しもたじろがない。

「それでね、佐々木さんは急に怕くなって、別れるって言うの。馬鹿ね」

馬鹿と評することによって、二人の幸福を中原に納得させようとする。あなたに右足が無いからと言って、私は何とも思ってはいないのですと、解らせてやるつもりでもあった。中原は黙っている。

「贅沢だって、言ってやったの。そうしたらあの人は贅沢とは思わないって言うんですよ」

「その通りだ」

「何がその通りなの」

「お前だって贅沢をしたいだろう」

「またそんな事を言うのね。わたし、いつそんな事を言いまして？」

「俺なんか流行遅れさ。法事が済んだあとのお墓の団子みたいなもので、あとは烏につつかせて置けばいいんだ。お前だって、いつまでも義理を言ったり猫をかぶったりしてることは無いんだ。どこへでも行ってくれ」

「そんな愚痴、聞きたくないわ。愚痴よ。実行できもしないくせに、いつも口先ばかりで私を苛(いじ)めてるのよ」

「全くだ。自分が自殺する勇気が無いもんだから、お前がどこかへ行ってくれればいいと思ってるんだ。意気地なしさ」

明日は湖畔の温泉へ連れて行くという。貞枝はきっと神経痛を治して見せると言っているが、中原は別の期待をもっていた。このアパートではやり切れないことも、冬の湖畔の温泉場ならば、やれるかも知れない。自分の怠惰な生活に区切りをつけよう。望みなき未来に告別し、いたずらに女を苛めている残酷な日常に終りの幕をおろそう。佐々木史子の愛人は片腕だ。彼女はそれを見て別れの決心をしたという。立派な態度だ。過去の愛情に義理を立てることはあるまい。女が片腕を嫌うのはあたりまえだ。貞枝はなぜ片足と別れるとは言わないのか。この女は一体どこまで看護婦に出来ているのだろう。……中原は眼を閉じて枕に顔を伏せた。親もなく、兄弟もない。ただひとりの心の通った女を苛め通しに苛めて、そのたびごとに自分の孤独を深くして行くばかりだ。かわいそうな女。……しかし貞枝は不死身だ。悲しみの期間を通過すれば、また新しい愛情の対象をどこかから見つけてくるに違いない。彼女は愛情を与えるのに不自由しない。相手は誰だっていいのだ。嫁して姑に孝行を尽し、後妻に行けば先妻の子をいつくしみ、孤独になれば隣人を愛し、さびしければ猫にさえも心からの愛撫をささげるに違いない。あふれるばかりの愛情の積極性であり、そして盲目性である。彼女は悲劇を知る能力をもたない。心配することはない。決断は早い方がいいのだ。

「酒を飲みたい。無いか」

「お酒？　いけませんわ。また痛みますよ」

「かまわん、有るのか無いのか」

遠からず命をすてる筈のものが、足の痛みを憂える必要はあるまい、酔うてみたいのだ。この孤独のなかで、追いつめられた生き難い環境のなかで、ふてくされて酒をのみ、酔うて放歌し乱舞してみたい。時代を呪い、国家を呪い、社会を呪い、それから正直に戦い、負傷した自分の愚かさを嘲(あざけ)って、愚劣な歌を大きな声で歌ってやりたいのだ。

「酒を出してくれって言うのに！」

貞枝は編物の手を休め、警戒する眼附きになってじっと中原の顔を見つめた、中原は起きあがる。自分で酒を出そうというつもりらしい。

「駄目よ、起きたら駄目」

「ほっといてくれ」

「ねえ。お願い。また悪くなるから今日はよしましょう。明日の朝もしも痛くなったら汽車に乗れないわ」

中原は片足で立とうとする。女は彼の手を押えた。ふりほどく。からみつく。彼は片手で女の肩を突きとばした。貞枝は男の肩にすがりつきぶら下る。ぶら下ったままで笑っていた。笑いは情痴の色をおびて、彼女にはこういうもつれが嬉しいのだ。中原はますます怒る。怒りながら心が和むのである。男と女との争いは、争いの中にさえも喜びがあった。格闘のなかに平和があった。彼等は愛情と信頼とによって結びつく代りに、憎悪と闘いとによって結びついていた。その結びつきが、愛情や信頼の結びつきよりも弱いものではなくて、却って底知れぬ深さをもっていた。喜びと憎しみとが二つのものではなく、それが一つに融けて炎となっていた。彼自身、自分が怒っているのか楽しんでいるのかわからない。そういう混沌たる情痴のなかから生命の養いを吸収して、争いに疲れたあとの味気ない思いに憩いながら、相抱いて眠ることができるのであった。

　あくる朝、二寸の雪に轍（わだち）のあとを曳いて、人力車が二台アパートの玄関に来た。佐々木史子は何もかも振りすてた新しい気持になって、出発する二人を見送りに行った。一夜のうちにあらゆる感情のこだわりを整理し、単純な心にかえり、高木威夫が帰らない以前の状態に立ちかえることに決めた。過去は思うまい。将来に望みをつなぎ、現在を大切に生きて行こう。鶴田には午後になって電話をかける。彼とのあいだがどうなろうとも、それは彼の心ひとつにあること。私は冷静に私の日常を生きて行けばいいと決めた。

　二つ三つの鞄を岡部貞枝は人力車へ運んでいた。肩で息をしながら、忙しく廊下を走った。佐々木史子は荷物を手伝いながら、木々の枝から崩れ落ちる雪の白さを見ていた。まだ春は遠い。

「留守中はよろしくね。あなたにお任せするわ。何とでもうまくやって置いて下さいね。近いからそのうち私も帰って来られると思うけど……。あなたもお湯にはいりに来ない？」

「行きたいわね」

　本当に行きたいと思った。湖畔の温泉にひたって、過去の思い出を本当に洗いすててしまいたい。

　中原は洋服の上に外套を重ね、松葉杖をついて玄関に立った。右のズボンの裾は結んである。蒼白い頰に髯がのびて、雪の白い反射が一層彼の顔を蒼く見せた。貞枝は手を貸して車に乗せると、膝の上に湯タンポの包みを置いた。

「こうして置けば大丈夫よ。車屋さんゆっくり行って下さいね、病人だから……」

彼女の喜びに充ちた饒舌を聞きながら、佐々木史子は高木のことを考えていた。抵抗しなくてはならない。抵抗を断念すれば私もまた同じ女になってしまうのだ。

「鍵、あなたにあずけるわ」と貞枝は最後に史子の前に立って赤く荒れた手をさし出した。

二台の車は門の石柱を出ると右に曲った。雪の風景のなかに真黒な幌をゆるがせて、次第に遠ざかって行く。佐々木史子は肩をすくめて二階への階段をのぼった。ひとりきりになった。何をしていいかわからない気持である。遊びに来いと言った。温泉へ二、三日行ってみたい。その町には鶴田の家もある。何かしら、そのあたりから運命のひらけて行く道がつきそうな気もする。

ピアノの蓋をひらく。白い象牙のキイの冷たさ。九時半から来る筈の生徒が来ない。雪の寒さになまけるつもりかも知れない。ハンガリア狂想曲、強いひびき、じかに心臓を叩かれるような激しい情熱、感情が沸きたつ。強く、はげしく生きようとする意志。耳は聞かず、頭は感ぜず、ただ肉体が躍り上るような衝動。……何か雑音がはいる。再び雑音がはいる。手を止め、息をひそめる。指先が切れるように痛い。ドアを叩く音がした。生徒が今ごろになって来たのかも知れない。

「どなた?」

把手が軋って開いた。黒い大きな影がカアテンに映る。

「どなた?」

カアテンを風があおった。高木威夫が立っている。和服の上にインバネスを着て、入口一杯に立っている。

「はいって良いかね」

佐々木史子は大きく深呼吸をした。感情の乱れを静めて困難に立ちむかおうとする。

「どうぞ……」と冷たく答えて、火鉢の前に座蒲団を敷いた。

入口に、ばさりとインバネスを落して、高木威夫は静かに火鉢に坐った。

「外、寒いでしょう」

「ああ、寒い」

火を掻き立て、茶をいれにかかる。

「お父さまやお母さま、お喜びでしたわね。ほんとによかったわ」

空疎な言葉だ。言葉の暖かさの中に感情の暖かさははいっていない。

「この春から、縁が切れてしまって、私もすっかり御ぶさたしていたのですけれど、お二人ともお老けになりましたわ、急に……」

春から縁が切れているということを、相手に解らせて置く必要があった。この一線から退く（ひ）まいと思う。愛情の歴史は、もはや遠いむかしである。高木は袂（たもと）をさぐって煙草の函（はこ）をとり出し、膝の上で器用に開く。袖のなかで右手の有無は見えない。見えなければ昔のままの高木である。やや日にやけて、頬の肉が堅くなったように見える。この頬も腕も厚い胸も、知っている。知っているが故に、傷ついた現在が耐え切れなかった。高木は言葉すくなく煙草のけむりを吐く。この沈黙は次の言葉の準備なのだ。次の言葉を女は恐れていた。聞かなくても彼の要求はわかっている。

「果物、めしあがる？　林檎をむきましょうか」

それを聞かされて、拒むのが辛い。

「いや、沢山」

「紅茶が好きでしたわね。久しぶりでしょう」

「いや、何も要らない」

「お菓子も何も無いのよ」

問題の提出される時を先に延ばそうとして、雑談をしかける。正面から話をもち出されれば、抵抗し切れないような畏れを感じた。

「昨日は途中から黙って帰ってしまったんだね」

それが話のいとぐちであった。もはや逃れるわけには行かない。佐々木史子は対決を迫られた思いで両手を膝に置いた、叱られる時の姿勢であった。

日本がひどい姿になっていることは、予期していない訳ではなかった。しかし現実に眼の前に見ると、改めて絶望的な気持になった。絶望は自分自身の将来に対する感情であったかも知れない。両親は老いしなびて、昔の俤はない。元陸軍少将の父は、昔の誇りも失い自信もなくしてしまって、ダンサーになった娘の収入で辛うじて生活していた。一家はことごとく崩壊したと言ってもいい。帰還した高木威夫は一家を養う責任を負うている。しかしながら片腕を失ったピアニストがどうやって一家を支えて行き得るだろうか。彼を迎えてくれたものは暗澹たる一家の運命であった。

この絶望から逃れるために、彼は本能的に佐々木史子を求める気になった。むしろ彼女に「救い」を求めるのであった。ところが、母は縁を切ってしまったという。彼女が途中から帰って行った意味がそれを聞いてはじめてわかった。わかると同時に慌てるのであった。

「僕は死んだことになっていたそうだね」と彼は微笑した。

「そうなの！」と史子は勢い込んで言った。「まあどういう間違いでしょう。運命の悪戯っていうのかしら。みんな信じていたんですものねえ。でも、よかったわ」

「うむ、……それでねえ、母の話だと仕方なしに僕たちの話は打ち切りにしたそうだが、幸い生きて帰ったから、君さえよかったら近いうちに何とか纏まりをつけたいと思うんだ」

真正面からそう言って彼はけむたそうに煙草をくゆらした。女は答えられない。答えられないが、心はきまっていた。どんなことがあっても拒むつもりである。遠い以前のふかいつながりさえも、今は拒否したい気持である。

「君の気持はどうだね」

「でもわたし……」と彼女は言い渋った。「もうそんな事、考えていなかったのよ」

不明瞭な言葉だ。ただ拒否の態度を暗示したに過ぎない。男の方は暗示では満足しない。

「何か、ほかに話でもあるの？」

「ええ、ちょっと、そんなようなこともあるのよ」

「ふむ……それは、よほど進んでるの？」

嫌な話だ。拒否の態度を示したら、それ以上は何も聞かないで貰いたい。それが紳士というものだ。しつこく問いつめられれば、ますます感情は冷たくなってしまう。彼女は次第に腹立たしくなって行った。

「そうね、多分ちかいうちに纏まると思うの」

「そう。……君は、その人を、もう永く知っているの？」

「三、四カ月くらいね」

「では、君はその人を愛しているんだね」

「それは勿論よ！」

ぴしりと、意識して冷酷に言ってのけると、佐々木史子は机の抽出しから煙草をとり出して、平然と喫って見せた。

「仕方がないわ。解って下さるでしょう。結婚なんて、別の考え方をすれば、女にとっては就職よ、いつまでも失職している訳には行かないんですものね」

ずけずけと言い放って、ふと眼頭に涙がにじんだ。こんな言葉を一度だってこの人に聞かせたことが有ったろうか。鶴田との関係は、発展するやらしないやら、わかりはしない。

高木はしばらく女の顔を見ていた。戦後の日本人の心を、まのあたり見せられた思いである。愕くと同時に、合点する気持でもあった。

「大体、君の気持はわかったが、一つだけ念のために聞きたいんだ」と彼は静かに女の顔を見た。その顔に、昔の華やかな感情は浮んでいない。堅い冷たい顔だ。職業婦人の事務的な顔だ。

「昨日、君が駅へ出迎えてくれたね。あれはどういう意味なんだろう。単に昔の義理だったのか」

鋭い言葉であった。史子は平然として煙草をすっていたが、心臓は狼狽(ろうばい)に波立っていた。弁明の言葉は無かった。

「単に昔の義理だけで出迎えてくれたんだろうか」と彼は強く繰り返した。それから声に怒りを含めて、

「僕はひがんでいる」と言った。「ひがんでいるのは自分で知っている。しかし僕のひがみが、間違いとばかりは思っていない。君は僕に会うまでは、もう少し別の気持で出迎えてくれたんではないかと思う。もしも君がはじめから、単なる義理で迎えてくれたものならば、僕に右手が無かったからと言って、あれほど真蒼(まつさお)になることはないんだ。傷痍(しょうい)軍人は見馴れている筈だ。僕の思い過しかも知れん。間違ったら許して貰いたい。ただ僕のひがみから言えば、今の君の言葉は、僕の右手のせいだろうと思えるんだ」

「あなたの思い過しよ」と彼女は氷のようにひややかに言った。

「そうか」

「ただわたし、びっくりしただけよ。それは仕方がありませんわ」

彼は十分ばかりも黙っていた。永い沈黙のあいだ身じろぎもせずに火鉢の中を見つめていたが、やがて静かに立ちあがって、

「どうも失敬した」と低く言った。

部屋の隅のインバネスを取ると、左手だけで器用に肩に投げかけ、見送りに立った女にむかって、

「近いうちに、もう一度だけ訪ねて来たいと思うんだ。嫌だったら留守にしてくれてもかまわないが、僕は今日の話だけでは少し釈然としないものがあるんでね……」と言った。

下駄を穿くと、扉をひらいて後をも見ずに悠然と廊下に出て行った。後姿は立派で、昔よりも更に堂々として見えた。この人に右手がありさえすれば何で他の人を求める必要があろう。口惜しさは持って行き場のない悲しみに変った。彼女は開けたままの扉を閉ざしながら、彼を失った自分の孤独に戦慄した。

閑散な駅に降りると、山々は雑木や杉の林を黒く残してすっかり白くなっていた。谷にむかって伐り落される材木がときおり雪煙をあげるのが見えた。中原は松葉杖をついて危なげに陸橋

をわたった。

　駅の前には人力車が一台きりしかない。宿は歩いて六、七分のところであった。人力車に荷物を積んで先に行かせ、岡部貞枝はショールに顎をうずめて中原に附き添うた。道は凍って、男の杖はこつこつと硬い音をたてた。

「静かな良い町ね。ここならば春まで落ちついて居られるわ。毎日お風呂にはいって温まればきっと大丈夫よ。あなたも元気が出るわ。今は痛くないの？」

　見知らぬ小さな温泉町に来て、中原も何かしら楽しい気がした。期待ももたず希望ももたない筈であっても、眼に映る風景の新しさはやはり嬉しいのだ。低い家並み、質朴な風俗、人通りの少ない凍った坂道、正月の準備の松飾りを立てた家も見えた。町の屋根を越えて向うに小さな湖水が灰色に光っている。湖面を滑る人影が黒く動いていた。中原は坂道に危うく杖をつきながらゆっくりと降りて行った。正午ちかく、塩鮭を焼く臭いが道に流れてくる。

　向うから七、八人の一団が黒くかたまって近づいて来た。そのまわりを物見高い子供が走っている。

「何でしょうね」

　人々の群れはゆっくりと坂を辷(すべ)って来た。一枚の戸板を五、六人でかついでいる。近づくと異様な静寂が先ず二人の心を打った。戸板の上には黒い制服を着た幼い顔の中学生が一人、死んで横たわっていた。片方の足にスケートの附いた靴を穿いていた。服はすっかり濡れて、板のようになっていた。焦茶色の首巻きが、首に巻きついたまま凍っていた。戸板からは水がしたたる。眼がくぼんで、白い唇が絶望的に開かれ、小粒な歯が見えた。胸のボタンの金色がなまなましく光っていた。湖水でスケートをやっていて、氷の割れ目に落ちたものであろう。死んでから何日も経っているらしく見えた。二人は坂道の途中に立って見送った。沈黙の一群は静かに歩調をそろえて登って行った。

「まあかわいそうに、スケートって危ないのね。ずっと前わたしのお友達も一人死んだの。湖水にはよく氷の張らないところがあるのよ。温い水が湧いているらしいの。それを知らないで滑って行って、それっきり……春まで死骸が出なかったわ」

　中原は黙って歩いている。湖水には氷の張らない所があるのだ。死体は春まで見つからない。春になってもわからないかも知れない。魚に喰い荒され、白骨となって湖底に横たわる。暗く、冷たく、静かだ。岡部貞枝はまた誰かほかの男を愛して行くだろう。永遠の孤独がはじまる。永遠の平和がはじまる。風が外套の裾を吹きまくる。しんしんと寒い。切断された右脚が痛みはじめる。この痛みもあまり永いことではあるまい。

　宿につくと彼は安心して眠った。離れの八畳の部屋に小さな台所もついていて、自炊には便利である。雪がこいをした窓は暗く、軒には氷柱（つらら）の簾（すだれ）が光っている。女は楽しげに立ち働き、春までの住居を心地よくするための設計に頭をかしげる。それから彼に肩を貸して浴室へ降りて行く。かいがいしく先に湯殿に下りて湯加減をはかり、かき抱くようにして湯槽（ゆぶね）に入れる。

健康な小肥りの肌は潑剌（はつらつ）として、辱しげもなく裸を晒（さら）しながら、彼の背をながしたり、湯を汲（く）んでやったりする。中原は黙々としてされるがままになっていた。遠からずお前は何もすることがなくなるだろう。幸福も不幸も永つづきはしないのだ。湯の心地よさに酔いながら、酔わない一つの観念を彼は追い求めている。戸板に乗ってかつがれて行った少年の顔が瞼に残っている。

湯槽に並んでひたりながら、

「ああ！　わたし安心したわ」と彼女は嬉しそうに歎息した。「ここなら落ちつけますわ。もっと早く来ればよかった。いかが？　治るような気がするでしょう。わたしきっと治ると思うわ。何だか気持のいいお湯。本当にききそうよ」

女の単純さが、ふと中原の心に沁みた。ざぶりと顔を洗った手拭の下で、彼は涙をふいた。

窓の外の畑で頬白の声がしていた。

あくる日の午後、彼等の部屋に佐々木史子が訪ねて来た。

「おどろいたでしょう。私も遊びに来たわ。一週間ぐらい居るつもり」

彼女は宿の母屋の方に部屋をとって泊った。

鶴田とは電話で約束ができていた。温泉へ遊びに行くから、向うでお宅を訪ねて練習をしてみたいと言って置いた。高木威夫とはっきり別れてしまうつもりになると、何故か慌てる気持である。彼に言明した通り、近くまとまりをつけてしまいたいのであった。

次の日のひる過ぎ、鶴田はスキー帽子で頬を包んで、白い息を吐きながら彼女の部屋をたずねて来た。火鉢をすすめ、茶を入れても言葉少なくてほとんど無愛想とも見えたが、心のなかにある感情のたかまりに眼が光っているようであった。その感情が、音楽への情熱であるやら女への愛情であるやら、相手が語らぬかぎり知る術もないのだ。ときおり障子をふるわせて屋根の雪がすべり落ちた。風の吹き荒れる町に黄色い日があたって、二階の窓に立って見ると湖水の氷の上で雪が煙のように巻き立っていた。

「行きましょうか。歩いて五分くらいのもんだ。母が夕飯の支度もしている筈です」

「あら、わたしそんなにお世話になれませんわ」

「なに。……ゆっくりしなさい」と彼は立った。

道は思ったより遠い。遠いことが佐々木史子には嬉しかった。歩きながら彼は音楽のはなしをした。音楽について語るときは雄弁で、絶え間なしにしゃべっていた。話に身が入ると足が次第に早くなる。女は息を切らしながらついて行った。寒風がまともに吹きつけてくると、彼は女の腕をとって、引きずるように歩いた。歩きながら楽団の経営を論じ、聴衆の質を論じ、シューベルトとモッァルトを論じ、歌劇を論じた。

その夜八時ごろ、彼女は鶴田に送られて宿へ帰った。疲れて、疲れを楽しんでいた。暗い道で、彼女は自分から男の腕に腕をからんだ。

「道が滑るのね、ころびそうよ」

「明日、僕は稽古日で街へ出るんだ。明後日もう一度うちへ来ませんか」

「伺うわ。でも、宿へいらして、おひるは宿であがることにしません？」

「いいね、もう少し暖かいと湖の方へ散歩してもいいんだが、……君はスケートをやる？」

「うまいのよ。明日あたり宿で借りて行ってみようと思うの。明後日の朝、一緒にすべりましょうか」

「ところが僕は駄目なんだ。見物に行こう」

「今日、楽しかったわ。もう少し練習したい。今度は私のアパートへいらしてね。御馳走しますわ」

暗いなかで彼女は丈の高い鶴田の顔を仰向いて見た。白い息が見えた。鶴田の家では年老いた母が、まるで息子の嫁を迎えるように喜んで歓待してくれた。伴奏は思うように弾けなくて、彼女は汗を流したが、何かしら歯痒い気がした。音楽よりももっと直接に心と心とを触れる方法がほしかった。

宿の門は閉っていた。潜り戸をはいると玄関まで、暗い植込みの道が二十間もあった。

「では帰る、おやすみ」と彼は玄関のまえで立ちどまった。

「お茶でもあがっていらしたら？　寒いでしょう」

「いや、遅くなるから帰りましょう」

彼は右手をつき出した。佐々木史子は両手でその手を握った。背を反らして引く。彼は踏み止まった。羞恥に彼女は小さく笑った。笑ったまま両手でつかまっている。

「じゃ、おやすみ……」

「いや！」

引き寄せられて行くと、左手が彼女の肩をとらえた。足もとに堅い雪が砕ける。よろめいて彼の腕に倒れかかると、両手がしなやかに肩に捲きついて来た。

冷たい唇、荒い息づかい。知覚が消えて行くようであった。彼女は仰向いて男の眼をじっと見据えた。暗いなかで、ただひた向きに彼の眼を見つめた。

「明日は駄目？」とささやく。

「だって、稽古日なんだ」

「休んで……」

「休みたいね」

「でも、いいわ。明後日まで待っています。あさってきっとよ」

「早く来る」

「ねえ……もう一度！」

ほとんど暴力と言ってもいいような力で彼女は抱きすくめられた。

喜びでもなく恐怖でもない。この感情が何であるかわからない。ただ心がはげしく動揺しているのだ。強いて言えば心の崩壊であろうか。急激な変化から来る不安であろうか。どこか、ずっと胸の底の方にどっしりとした安らかさがあった。自分を落ちつかせる場所が見つかったと思う。あとはその場所へ落ちつくまでの経過である。ゆっくりと階段をあがる。湯にひたって早く寝ようと思う。やはり温泉へ来てよかった。階段は冷えて、乾燥して一段ごとに軋む。上り切って右に曲ろうとすると、左手の部屋の唐紙がひらいた。黒い男の影が立って、

「史さん」と言った。高木威夫であった。

彼女は立ち止って、ほとんど敵を見る眼附きになった。

「夕方ここへ着いてね、待っていたところなんだ。君の部屋へ行ってもいいか」

「ええ……でも、わたしとても疲れていますの。明日にして下さらない?」

「ちょっとぐらい宜いだろう」と廊下の電燈の下へ出て来た。

それ以上拒むことはできない。彼女は先に立って自分の部屋にはいりながら、唇に残る男の匂いが気がかりであった。温かくふくらんでいた心は一瞬に冷えて堅く殻を閉ざしたようである。外套を脱ぎ、火鉢の火を掻き立てる。火鉢に残る二種類の煙草の喫い殻を、高木は黙って見ている。問われたら言ってやるつもりであった。

「昨日の夕方アパートへ寄ってね、それでこっちへ来てみる気になったんだよ」と彼は宿の褞袍(どてら)のまま端坐して言った。

「あなたのお留守のあいだに私たちの縁が切れたということは、あなたは御存じなかったのですから、その事を不満にお思いになるのはよく解ります。でも、それは不可抗力と言ってもいいような、仕方のない事でした。誰にも悪意は無いのです。でも、縁が切れたという事は私にとっては真実で、夢でもなければ空想でもなく、本当に悲しいことでした。私はその悲しみから漸く脱け出して、新しい道を見つけたつもりでいます。今さら元へ戻ることはできませんわ。あなたが仰言るように、以前の愛情に対する義理は感じます。でも、そういう義理のために一生を捧げるわけには行きません。義理で愛情は育ちませんものね。私の生涯はどこまでも私の生涯よ」

「僕の方から言えば裏切られたという結果になるんだ」と高木は責める口調で言った。

「それは解ります。でも私の方から言えば、その事で責められる理由はないのです。少なくとも縁が切れた日までの私は、誠実だったのですもの。あとは私の自由で、誰にも義理なんか無かったわ」

「君の話はその通りだと思う。しかし僕はどうしても釈然としない。愛情というものは理由なしに消えてしまうものではないと思うんだ。君が本当に縁を切る気になったのは、僕が死んだという通知によってではなく、僕が生きて帰ったからなんだ。生きて帰った僕が片腕しか無いからなんだ。君は思い過しだと言ったが、恐らく僕の推察する方が正しいと思う。僕は君を強制しはしない。ただ、本当の気持が知りたいんだ。内地の人間は傷痍軍人をどう考えているか、君の気持を聞きたいんだ」

佐々木史子は蒼ざめた顔を上げた。

「正直に言いますわ。あなたのお察しの通りです。駅へお迎えに行くときは嬉しくって、泣きながら行ったのです。でも……私には我慢できないの。あなたには済まない気がしますけれど、やはり私の勝手にさせて頂きます」

「それで解った。そんなことだろうと思っていた。戦争に負けた軍人なんてものは、全く魅力の無いものさ。片腕のピアニストなんて言ったら、お笑い草だ。君の気持はそれでいいさ。僕はどうなんだ。僕は何の為に戦ったんだ。誰のために戦ったんだ。自分で好んで片輪になった訳じゃない」

「それが私に責任があると仰言るんですか。私は片輪になってくれってお頼みしやしませんわ」

「なに！　もう一度言ってみろ」

「言いますわ。私がいつあなたに、戦争に行ってくれって頼んだでしょう。私は泣いて別れるのを嫌がっていましたわ。あなたを行かせまいと思って、陸軍の大佐の人に御紹介するから何とかお願いしてみるようにあなたに頼んだことをお忘れにならないでしょう。そのときあなたは、国の為だとか男子の義務だとか言って、喜んで出て行ったじゃありませんか。なぜあのときあなたは出征を拒んで、私を連れて逃げてはくれなかったのです。あなたは国の為という名目で、虚栄心に駆られて私をすてて行ってしまったのです。あなたの負傷は御自分で選んだ道です。私には何の責任も義理も有りはしません。私はあなたの不具を引き受ける義務なんか無いわ。あなたの私に対する愛情は薄弱だったのです。私よりは国家への義務を重んじていらしたのです。それならばどこまでも国家と共に生きる道を行くべきです。あのときあなたは、国の危機だからと言って出征しました。今だって危機です。今は国家を抛り出して私を求めると言っても、もう遅いわ。あなたの勝手な時まで女はいつまでも待っているものではないんです」

「なるほど。女性の自由とはそういうものか」

「そうよ。愛することの自由と同時に、愛しない事の自由もある筈よ。昔の義理で縛るわけには行きませんわ。別々よ。別々の生活しか無いんですわ」

「それ以上聞かなくてもいい」彼は立ちあがった。「さようなら。これが本当のお別れだ」

彼はふり向きもせずに部屋を出て行った。うしろ手に唐紙を閉めて廊下に出ると、夜更けの廊下は冷えて硝子窓に氷の花が光っていた。内地の姿も大方はわかった。内地の人間の心ももはや縁が遠い。片腕のピアニストの生きるべき余地は無さそうだ。

彼は冷えた牀にひとり横たわった。裏切られた愛情を憤るよりも、戦いに出て行った彼の行動に対する批難が耐え難いのだ。戦いに行ったのは彼の勝手であり、虚栄心であると言った。負傷は自分の勝手であって女の知ったことではないと言った。その言葉が頭のなかで火花のように駆けめぐる。戦いに出て行ったのは国家への愛情であり国民への愛情であった。虚栄心でもなければ不純なものもない。国民への愛情は、その中の輝く一点として、自分の愛人をも含んでいた筈だ。むしろ彼女のために戦いに出たのかも知れない。死ぬ事の意義すらも、彼女への愛情のためであったのかも知れない。

佐々木史子の言葉は軍人を侮辱する、あるいは男性を侮辱するものかも知れない。彼女は片輪と罵倒した。片輪の男を世話する義務はないと言い放った。よし、あの女の片腕を斬り落してやろう。彼は牀の中で身もだえした。あの白い片腕を斬り落してやる。傷害罪などは恐れるに当らない。片腕のピアニストは生き永らえる必要はない。老父母は自分を死んだものと思い諦めていたのだ。改めて息子が死んだところで元々ではないか。

父の短刀は違い棚の袋戸にはいっていた筈だ。長船(おさふね)の八寸ばかりの細い鋭いやつだ。この宿では騒ぎが大きくなる。どこかに連れ出して、森かげの人家の遠いところで、殺すのではない、右手を斬り落してやる。そうすれば日本に何万と居る傷痍軍人の立場を罵倒するような気持にはなれまい。片腕のピアニストの気持も解るだろう。解らせてやる。風が雨戸をゆすり、電線の唸りが聞えた。夜通し彼は輾転(てんてん)として牀のなかで眼をさましていた。夜明けごろになると、もはやその事しか考えられなくなっていた。彼女の片腕を斬ることが、内地に居た生意気な女たちへのこの上もない教訓になる筈だと信じていた。彼はむしろ斬るべき義務をさえ感じた。英雄的な気持でさえもあった。

朝食を終ると彼は宿の者にも言わずに外へ出た。そのまま駅へ行って汽車に乗った。片道二時間である。夕方には帰って来られる。

自宅へ帰ると何も言わずに老父母と昼食をとった。これが最後の食事である。親不孝は致し方ない。食後、父が炬燵に丸くなってラジオを聞いているあいだに、奥の部屋の違い棚の上の袋戸を開いた。桐の箱のなかに紫の袋にはいって、長船の短刀があった。彼は左手でふところに押しこむと、再び肩にインバネスを投げかけて外へ出た。

「また出かけるのかい」

「ああ、ちょっと……」

ちょっと外へ出るのが永遠の別れになる筈であった。彼は風花の舞う曇り空の下を、再び駅にむかって急いだ。駅まで行ってから、自分は左手だけしか無いことに気がついた。果してうまく女の右腕が斬り落せるかどうか、そのことについて考えはじめた。

温泉町は積った雪の白さを残したまま黄昏れていた。高木威夫はふところの中に長船の短刀を握りしめながら宿に帰りつくと、眼を据えた表情になって階段を上った。今夜か、明日の朝か、佐々木史子を町はずれの林のなかに連れ出して、右腕を叩き切ってやろうと思っているのだ。

自分の部屋にはいると、窓ぎわの小机の上に、封筒がのっていた。彼は立ったまま左手にとり上げる。史子からの置手紙である。歯のあいだに咥えて封を切ると、鉛筆で二枚ばかりの便箋に走り書きしてある。

(昨夜はいろいろと失礼を申し上げました。言葉のはずみで、つい乱暴なことを言ってしまい、後悔しております。お腹立ちのことと存じます。お許し下さい。あれから夜更けるまでいろいろと考えて、お詫びしなければならないと思いました。あなたに対して、私は何も特に怨みも憤りももっている訳ではありません。却って、あなたは以前よりももっと立派におなりになったとさえ思います。お怪我のことにしても、ただその事だけの為にお別れしたいというのではないのです。けれどもあなたの御不自由なお姿を見ることは私には耐えられません。私が嫌いなのはあなたではなくて、あなたにつき纏う戦争の思い出なのです。あなたの負傷はいつも戦争の記憶を呼びさまし、私を苦しくさせます。あの戦争の記憶から自分を解放し、自分を明るい気持にもって行く為には、あなたから私を解放しなくては済まないのです。私はただ一刻も早く戦争の思い出を忘れてしまいたいのです。あの悲惨な、醜い、悲しい出来事を一日も早く忘れてしまいたいのです。お解り下さるでしょうか……)

彼は読み終ると手紙をはらりと机の上に落してふところに腕を入れた。短刀をとり出して床の間に投げ出した。女への憤りは消えた。短刀に用は無い。彼女の白い腕を斬り落す必要はないが、心の崩れが苦しかった。佐々木史子は自分と別れることによって、戦争の記憶から逃れることもできるだろう。自分はどうなのだ。右腕は永久に無い。右腕の無い事を意識する度毎に、戦争の記憶はよみがえる。自分はどうやってあの悲惨な記憶から逃れることができるのか。女を傷つけるという罪悪からは逃れ得たが、あまりにも深く戦争の歴史を背負い込んだ自分の将来に、絶望の溜息が湧くのである。
女中が食事の膳をはこんで来た。彼は馴れた手つきで左手に箸をとり、脇目もふらずに食った。何を食っているかわからないが、ただ機械的に食事をとった。片腕のピアニストが、これから先の生涯をどうやって生きたらいいものか。日本中のあらゆる人間は佐々木史子と同じように戦争の思い出を忘れたがっている。彼等は高木威夫の不具な姿から眼をそむけるのだ。所詮は生きて帰ったことが間違いであったらしい。彼は涙をたらしながら飯を食い魚を食い汁を飲んだ。女は永遠に自分の手には帰らない。帰らないと知って未練が胸をかきむしる。箸を投げ出して短刀を引き抜き、銀色の肌のつめたい光を眼を据えて凝視した。胸のなかで彼の生命が戦慄し、心臓のあたりの皮膚が恐怖を予期してきりきりと痛んだ。風が吹きはじめた。雨戸が鳴る。そのほかには物音も無い。彼は短刀の鋭い刃を首筋にあててみた。頭がじんとしびれてくるようであった。

昨日は夜中からはげしい苦痛がつづいて、朝まで殆ど眠らなかった。岡部貞枝はかいがいしく湯たんぽを入れたり額の汗を拭いたりしながら、その心は少しも傷ついてはいない。顔は明るく、看病を楽しんでいる。彼女は結局は他人なのだ、と中原は思った。要するに、彼は岡部貞枝の人形となって弄ばれているに過ぎない。人形が苦しめば彼女は楽しみ、人形が怒れば彼女は笑うのだ。この女には絶対に勝てないような気がする。中原は寝牀の中で脂汗をながして神経痛に苦しみ通した。その苦痛のなかで一つの考えを追っている。この考えもまた永いことではあるまい。やがて終りが来る。その終りこそ彼女に対する勝利だ。

彼女は九時半になって風呂へはいろうと誘った。もう一度あたたまって眠ればきっと眠れるに違いない。睡眠剤をのむ前に温泉にひたろうと言う。中原宏は手きびしく拒絶した。お前ひとりで行って来い。俺は動きたくない。……雨戸の外に風がある。粉雪が風に乱れてさらさらと戸を打つ。外は寒そうだ。岡部貞枝は着換えの寝間着をもって浴室へおりて行った。

浴室にはほの暗い電燈がともり、電燈のまわりに湯気が白くゆらぐ。宿のおかみさんが男の子を洗ってやっている。岡部貞枝は足もとに帯を解き放ってさらりと着物を脱いだ。小肥りの白い肌は湯気のなかで幻のようにほのかである。健康で、幸福で、今日の一日に満足している。独りきりの世界に満足している。中原は彼女の餌食(えじき)であるかも知れない。彼の生命を貪(むさぼ)り食って、彼女は自分の幸福を育てている。湯槽にひたって泰然と凝脂を洗い、歌をうたいたいような気持だ。

流しに出て長い髪を洗う。背を丸め頭を垂れ、長い首筋を見せ脇の下を見せて、丹念に黒髪を洗う。中原は苦痛に呻(うめ)いているに違いない。吹雪の音を聞きながら彼と共に眠るたのしさを予期して、幸福は更に高まる。彼が苦しければ苦しいほど、彼女の心は安定している。彼の苦痛が治らない限り、中原は決して彼女の手から外へは行かれない。彼を完全に独占していられるのだ。

十時を過ぎるまでゆっくりと湯にひたり、寝間着に細紐をしめて、冷たい廊下を踏んで部屋に帰ると、中原は居なかった。手洗いに立ったものと思い、鏡にむかう。淡い夜の化粧に頬の赤味が冴える。髪の滴を拭い、薬指の先で紅をのばす。紅の香りが嬉しい。ふと気がつくと、鏡の横に下げてあった彼の外套が無い。どうしたのかと思う。外へ出る筈はない。あの苦痛のなかで吹雪の中へ行く筈はない。しかし床の間に立ててあった松葉杖も無い。首巻きもない。服もない。彼女は真蒼になって着物を着た。小走りに玄関にかけつけて、帳場をのぞいてみる。番頭が女中と世間ばなしをしている。誰か先ほど外へ出た様子ではあったが、誰だったか知らないという。玄関から門にむかって、踏みかためた雪の上に二つずつ、松葉杖の穴がならんでいた。

彼女は部屋に引きかえしてコートを羽織り襟巻きをまいた。外は吹雪いている。番頭は提灯（ちょうちん）をつけて待っている。宿の青年もスキイ靴をはいて外に出ていた。岡部貞枝は襟巻きに顎を包んで外に駆け出した。寒風が髪の滴を凍らせる。湯にあたためられた頬がきりきりと痛む。松葉杖の穴を番頭の提灯が照らし出す。その穴も吹雪のなかに半ば消されそうである。早く、早く。その穴は左手に曲ってまっすぐに続いている。行く先には湖水がある。風が裾をあおる。木々の梢（こずえ）が鳴り電線が唸る。昨夜、彼は物も言わずに彼女を抱いた。それが彼の別れの挨拶であったかも知れない。激しい愛撫の中に絶息して、彼女は意志も感情も理性も一切をうしなってしまった。その直後から神経痛の発作は復讐のように彼を悩ませたのだった。いま、慾情の名残りはなお彼女のどこかに温味を残しているが、その対象は行方不明になった。裏切られた肉体が憤りと悲しみに身もだえする。

暗い雪道が尽きると眼のまえにひろい湖面が出てきた。結氷した湖の上を雪は白い縞になって左から右へ吹き過ぎて行く。一点の灯も見えず、動くものも無い暗黒のなかに、風と雪とばかりが流れつづけている。

「こいつあ、わからねえや!」と厚司(アツシ)を着た五十ちかい番頭は岸に立って遠くを見わたした。彼の肩の半分は白く塗りつぶされている。

ここまで来て、松葉杖のあとはもう消えている。しかし、横に曲る道は無いのだ。そして氷の上には無数の道がある。そのなかのどこを行ったか。彼女は物も言わずに暗い湖上に出た。新しい雪の上に、杖の穴はわからないが、左足だけの足跡が、それかと思われるやわらかい窪みになって残っている。

「番頭さん、ここよ、ここよ!」

しかしこの道がどこまで続くものであろうか。髪は凍り、唇も凍る。しかも額には沸(たぎ)るような汗を掻いていた。彼女は襟巻きをはずして手に持った。無限にひろい暗がりが前方にひらけている。彼女はその暗がりのなかに駆けこんだ。この温泉宿についたとき、溺死(できし)した中学生の骸(むくろ)をかついで帰る人々の群れに出会った。あのときのことが幻のように浮ぶ。

「危ないや。奥さん、危ない、こりゃ駄目だ。この向うは山から流れて来た川がはいってるんで、氷が薄いんだ。このあいだも一人死んだよ」と番頭が後から叫んだ。

しかし、危ないところこそ行ってみなくてはならない。中原のまだ生きているうちに彼を捕えるのだ。彼女は足もとから黒い帽子をひろった。雪まみれになっているが、

「あ、これだわ。番頭さん、ここを行ったのよ」と言った。

番頭は彼女の腕をとらえた。

「いけねえ。駄目だ。これから先へ行ったんじゃあ、はまり込んでしまう。駄目だってんだ。穴だらけだよ。はまり込んだら最後だから……」

捕えられた腕のなかで彼女はしゃくり上げて泣いた。泣きながら暗い吹雪を見つめている。何も見えない。鋭い音をたてて、足もとの氷がひび割れた。番頭は彼女の腕を自分の腕のなかに捲きこむと、彼女を曳きずって引き返した。黄色い小さな提灯の火が風に揺れながら、湖上の暗さに人魂(ひとだま)のように動いていた。

宿の騒ぎのなかで、高木威夫は佐々木史子に出会った。寒風の吹きこむ玄関の板敷きに立って、史子は中原の話をした。片足の男が死を求めて湖上にさまよい出て行ったことを知ると高木威夫は、一種の恐怖と同時にはげしい怒りを感じた。恐怖は、自分と同じことを、自分と同じ境遇の男が、先にやってしまった事である。彼はまるで自分自身が自殺しに行って、そのための騒ぎを他の自分が見ているような気がした。ここに立っている自分は、自分のぬけ殻であっ

て、本当の自分は湖水の結氷の上をさまよっているのではないかと思った。

そのような錯覚から少しく冷静になると、腹の底から湧きあがってくる憤りがあった。戦いに敗れて、戦いに傷ついた者が生きる道を失うということは一体何であろうか。自殺は敗北だ。傷痍軍人は、彼が世間から冷たく扱われれば扱われるほど、なお敢然として生きなくってはならない。この無情な世間に反抗するために、この無節操な社会に復讐してやるために、是非とも生きてやらなくてはならない。生きて、彼等の面前に不具なからだを晒し、戦争を忘れたがっている民衆に、まざまざと戦争を思い出させてやるのだ。先ず第一に佐々木史子の前に、幾度となく自分の姿を見せてやるのだ。彼女は戦争を忘れたいという。彼女に忘れる権利があるだろうか。忘れたいといっても忘れ切れる筈はない。忘れさせてはならないのだ。自分は永く永く生きて、いつまでも戦争を思い出させてやらなくてはならない。思い出すことが世間の人々には苦痛である。その苦痛は、彼等がその義務を怠り、その責任を果していないことの反省であるに違いない。

(俺は死んではならない)

たとい失職し、巷に袖乞いをするほどに落ちぶれようとも、右腕のない姿を晒して永久に忘れ得ぬ戦争を思い出させてやる。戦争に関係なかったような顔をして、平然と生活している連中に反省を要求してやる。

高木威夫は冷えた寝床に戻りながら生きることの覚悟をきめた。生きることがどれほど苦しいか、死ぬことがどれほど楽であるか、それを思うと涙が流れた。佐々木史子と、彼女につながる世間とを敵として、明日からの生き方を考えなくてはならない。雨戸の外になおも吹雪は荒れている。間もなく玄関のあたりに番頭の帰ったらしい声高な話が聞えた。中原は見つからない。吹雪の湖水の底に沈んでしまったに違いない。……彼は比島の戦場を思い出した。戦いの、あの単純な生活は、このような日常の息苦しさよりもずっと良かったような気がした。砲弾に狙われる苦しさよりも、自分の命と自分の心との戦いの方が何倍か苦しいものに思われた。

夜もすがら貞枝は歎き悲しんで泣いていた。佐々木史子は貞枝の部屋で火鉢にもたれたまま、放心したようになって彼女の歎きの繰りごとを聞いていた。聞きながら、もしかしたら高木威夫が中原と同じようなことをしはしないかと恐れていた。今になって彼女は一種の勝利を感じた。岡部貞枝の幸福はやはり本当のものではなかったのだ。或る不安定な足場の上でたまゆらの冒険を楽しんでいたに過ぎない。――そう思いながら別の敗北感もあった。貞枝の歎きは献身的で盲目的で、近寄る術もない。この孤独、この没我の姿は、もしかしたら女性の理想であるかも知れない。貞枝は史子のことなどは眼中になくて、ひとり勝手に悲しみにひたり歎きに沈んでいる。佐々木史子は全くの他人であり、同情はかけはなれたものであった。却って史子は自分の孤独を知った。鶴田に寄りすがろうとする自分の心の貧しささえも、今は何かしら見すぼらしいものに思われた。

夜が明けると警官や宿の人々が協力して、川から小舟を出してくれた。岡部貞枝も小舟の舳(へさき)にうずくまって、黒い水底をうつろな眼で見つめていた。竿の先に手鉤(てかぎ)をつけて底をさぐり、投網(とあみ)を投げてもみたが何の手がかりもなかった。湖上の吹雪は止んで冬の日がきらめく。スケートの人の黒い姿が遠くの方を水すましのように動いていた。

「まあ、運がよければ二、三日中に浮くがね、大ていは解氷期まで見つかりゃしないね」と漁師らしい老人が独りごとのように言っているのを、岡部貞枝は他人のことのように呆然と聞いていた。

湖をとりかこむ四辺の山々が白くつらなり、冬には珍しくうららかな朝であった。平和な風景である。何事もなかったように静かで美しい。しかしここに、戦傷した一人の男がみずから身を氷の下に投じ、戦いの惨禍の小さな一片を始末してしまったのだ。一人の女の愛情も彼の絶望をつなぎ止める力をもたなかった。そして絶望は到るところに在る。この絶望のなかからどのようにして新しく生きる力を引き出して行けばいいのか。一本の松葉杖が氷の板の下から発見された。しかしそのあたりは深くて死体をさぐり出すことはできなかった。正午ちかく、捜索の小舟は岸に引き返した。

岡部貞枝はそれから後は一度も泣かなかった。しゃんとした顔つきになって宿にかえると、身のまわりを整理した。整理を終ると火鉢に手をかざし、手持ぶさたな様子になって部屋のなかを見廻していた。彼女にはもう何もすることが無いのだ。

「これから、どうなさるの？」と佐々木史子は探るように言った。

「三時半の汽車で帰るわ」

「帰って、これから先は？……」

「わからない。当分何もしないわ。すこし、疲れを休めたいの」

「楽しみが無くなったわね」と史子は残酷な言葉を洩らした。しかし貞枝は平然として、

「辛いことも無いわ」と答えた。

「そんなに辛かったの？」

「お話にならないわ。あなたには解らないのよ。あなたなんか贅沢だから。……結局、縁が無かったのね」

　縁が無かったという古風な言葉一つで割り切れてしまうほど、彼女の気持は単純であった。単純であるからこそ、毎日を快活に明るく暮して来られたし、介抱する苦労にも平然として耐えて来られたのかも知れない。

「我儘なのよ」と彼女は言った。中原の死は彼の我儘であり、依怙地(えこじ)であるというのだ。その言葉は中原に対する憤りのようにも聞えた。

　彼女はゆっくりと入浴し、衣服をととのえ、手まわりの荷物をまとめて宿を出た。佐々木史子は駅までの雪道を見送って行った。午後から曇って来て、風が寒かった。凍った坂道を二人

は肩を並べて歩いた。

駅の待合室には高木威夫が坐っていた。彼も宿を引揚げて帰るところである。彼のふところには長船の短刀がはいっている。しかし女の腕を斬ることよりも、自分の生きることの方が大きな問題になって来た。彼は立って岡部貞枝に挨拶した。

「君はまだこっちに居るのかね」

「ええ、もう二、三日居ます」と史子は冷たい顔になって答えた。

彼女は改札口で別れた。

夕方の汽車は空席が多く却って寒かった。高木と貞枝とはむかい合って席をとり、外套の襟に頸をうずめた。汽車は谷あいから谷あいを抜けてゆるやかに走っていた。

「ゆうべは大変な事で、お気の毒でした」と高木は悔みを述べた。くやみというよりも自分の悲しみを洩らしたような気持であった。

「有難うございます。わたし、精一杯に慰めたりはげましたりして来たつもりですけれど、弱いんですわ。自分の不幸に負けてしまったんですね。気の毒な人でした」

冷静な、むしろ客観的な言葉である。彼女自身の不幸を思うよりも、相手の不幸を考えているのだ。彼女にとっては苦労が報いられなかったというだけで、特に不幸というのは当らないような風であった。それほどに彼女は強く、不死身であった。油が水をはじくように、降りかかる不幸をはじいてしまって、自分は少しも濡れない強さをもっているようである。それから

感情を崩して、

「佐々木さんは気が強いから、羨ましいわ」と言った。「でも、あれでいいのかしら」

「以前からあんな女でした」と高木は憮然として窓の外に顔を逸らした。

それから左手でポケットをさぐり、煙草の箱をとり出した。貞枝が見ていると、箱の中から一本の煙草をとり出すのが、片手では容易でない。次にマッチを出して膝の上で摩ろうとする。貞枝は思わず手を伸ばしてマッチをつけてやった。

「御不自由ですわね」

「いや、もう馴れています」

馴れなくてはならないのだ。これから先、このままの不自由を二十年も三十年も続けて行くつもりなのだ。その永い日々がどれほど苦しいものであるか、解らなくはない。湖水の結氷の底に沈むことは何でもない。何でもないが、そういう卑怯をしたくないのだ。強くなくてはならぬ。……しかしながら、強くなくてはならぬということ、弱くなっては生きられないということほど悲しいことがあろうか。弱くなれる者は仕合せだ。高木は窓の外を流れる雪景色をながめながら、眼頭ににじむ涙を押えていた。

岡部貞枝は手提袋から一個の赤い林檎をとり出し、四つに割って丹念に皮を剝いた。それを一つずつ高木に手渡して食べさせてやった。これは永いあいだの習慣であるかも知れない。あるいは彼女の本能であるかも知れない。数日前、彼女はやはり汽車のなかで中原とむかい合って、林檎を剝き与えたものであった。いま、彼女のしている動作は同じであるが、その相手は違っている。彼女はほんの一、二滴の涙をこぼした。しかしそのような回想の悲しみの底に、別の喜びも無くはなかった。彼女は看護婦に生れついたような女であった。一人の不自由な男を自分の勢力範囲に置いて、自分の思うように介抱し世話をすることに安らかな満足を感じていた。ちょうど花園に種子を蒔き、水と肥料とを与え、自分の好きな花を咲かせるように、彼女は相手の男の上に彼女の園芸を楽しんでいるのであった。その相手が中原であっても高木であっても何の変りはない。彼女は自分ひとりで生きている女であった。いわば相手の男にとっては、どのような女よりも冷たい女であったかも知れない。永久に心と心との結びつく時のない女であるかも知れない。しかし高木威夫は憤りと傷心との果てに冷え固まった感情を、貞枝の親切によって温められ柔らげられ、安らかにされているのであった。車窓に黄昏が迫り、駅には早い灯がともっていた。

黄昏の流れ来る湖水の氷の上を、佐々木史子はひとりスケートですべっていた。風は再び粉雪を交えて、周囲をとりまく山々の姿は曇ってしまった。湖の向う岸には一つ二つの灯も見えている。彼女は青い襟巻きをうしろに閃かしながら大きな円を描いて滑り続けていた。今日、鶴田は宿に訪ねてくれたが、昨夜の事件を話して帰って貰った。今夜か、明日の朝か、また彼と会うことができるだろう。しかしその前に、もう一度自分の心を確かめてみたい気がするのである。鶴田への愛情が、もしかしたら高木から逃れるための口実、手がかりに過ぎなかったかも知れない。高木を愛し得ない気持は、ただ単純に戦争の記憶から逃れたいという、それだけのものであったろうか。彼に右手がないという、それだけのことであったろうか。完全に別れてしまったいまになって、彼女はもう一度冷静に高木と自分との関係を考えてみたくなった。

氷の上に雪が降る。降った雪が風に吹かれて舞い立つ。広い氷の原にしんしんと夜の冷気が迫る。昨夜、この下に一人の男が沈んだ。それは赤の他人であり憐れな不具者であった。彼女は湖底に横たわっている中原の霊に、多少の軽蔑と多くの感動と、そして弔意とをささげる。ピアノを弾きたい。いま、この孤独を慰めるために、是非ともピアノを弾きたい。一切を忘れて音楽の中にひたってみたい。アパートへ帰ろう。……そう思いながら暗くなって来た氷の上に、長い線を曳いて彼女はすべって行った。頬が火照り、汗が流れて、彼女の憂いを含んだ顔は冴えざえと美しかった。

〔1947（昭和22）年9～12月「小説新潮」初出〕

自由詩人

1

日ざかりの空の爛(ただ)れた空のどこかで
のうぜんかずらの朱(あか)い花が蔓(つる)の縁からひらりと離れる
花の中を落ちる花の音　花の音
焼けた土に弾(は)ねかえるうつろな花筒の音
絶望の　その刻(とき)に　なお燃えさかる　花の華やかさ
花の最期の華やかさ

もう一カ月以上も、この詩人は私のところへやって来ない。こちらから訪ねて行くことは殆ど無い。勝手な時にだけ向うからやって来る。銭湯へ行く途中に、手拭と石鹸とを持って庭木戸からぶらりとはいって来る。五、六本の煙草をたてつづけに喫ってから、今度は私の煙草をすう、それから電話のところへ行って五、六カ所に電話をかける。碌でもない友達と、碌でもない話をする。借金を申し込む。千円貸せと言う。断わられると五百円でもいいと言う。それでもことわられると三百円に切りさげる。その約束が終ると、細い顎に絶望的な笑いをうかべて受話器を置く。

その次には私の家の茶の間の戸棚をあけて、ウイスキイの瓶をとり出す。

「一杯だけおくれね」と彼は言う。

怒ってみても始まらない。ウイスキイの置き場所を変えようかと、私は家内と相談する。しかし変えてみても駄目なことは解っている。私も妻も、この詩人には勝てないのだ。勝てない事を彼はちゃんと知っている。決して勝ったような顔をしないところに彼の狡さがある。おだやかで親切で遠慮ぶかくて弱々しい。こちらがそう思っているうちに、彼はウイスキイの二杯目をのみ三杯目を飲み、眼のふちにはほのかな酔いを見せる。近いうちに詩集が出版されるという話をする。それが出たらまとまった金がはいるから、土地を買って小さい家を建てるのだと言う。

私は何十遍も家を建てる話を聞いた。しかし話は何年たっても話だけだった。そのうちに山名の女房は子供を産んだ。それからまた子供を産んだ。家族は四人になった。四人で、アパートの六畳に住んでいる。一人当りの場所は六尺かける四尺五寸の広さしか無い。それでも山名は詩集が出るはなしと家を建てる話とを繰り返している。ちかごろはその話の後の方に、女房と喧嘩をした話がつけ加えられるようになった。

「おとといからまだ一遍も口を利かないのよ」彼は女のような優しい言い方をする。

「御飯なんか、どうしていらっしゃるの？」

家内は女だから、食うことが何よりも先に気にかかる。

「御飯は炊かない」

「どうして?」

「だって、米が無いもの」

山名はくすぐるような笑い方をする。私の家内はいらいらして来る。米が無いと言うことは他人であっても辛いのだ。山名の方は何ともない。今晩、どこかで金がはいれば酒を飲む。家族は飢えている。飢えているということが、何かしら快いスリルであるらしい。

彼は私の煙草をふところに入れながら立ちあがる。

「これ、貰っていいだろう? 有難う。じゃさよなら」

手拭をぶら下げて、細い腰をうしろから風に押されているような歩き方で、平たい下駄を曳きずって、彼はまた庭木戸から帰ってゆく。帰ったあとまで家内は山名の家族のことを心配している。お米を一升ばかり届けてあげようかしら。何か果物でも持って行こうかしら。お金では失礼でしょうね。だって子供がかわいそうじゃないの、山名さんはどうだっていいけど。

……そのようにして私たちは、また山名英之介にやられてしまう。どうしても勝てない。

向うが貧乏だからと言って、こちらが負けなくてはならない理由はない。山名は毎月三万円ぐらいは収入があるのだ。私だって大して違いはしない。私は常識的に堅実に用心ぶかく馬鹿みたいに暮しているが、彼は自由にこだわらずにのびやかに心のままに暮している。それだけの違いだ。幸福なのは私ではなくて山名であるかも知れない。そのくせどうしても私は山名に勝てない。三十年このかた、どうしても勝てないのだ。これは神の摂理であろうか、運命であろうか、私が心理的な弱点をもっているのであろうか、彼が私より数倍も利口で狡猾であるためであろうか。少なくとも私は人生をこわごわ渡っているのに、彼は人生をたのしげに楽々と生きていることは事実だ。彼にとっては世のなかに怕いものは無いらしい。それは彼の哲学であるに違いない。私が怕がるものを彼は怕がらない。怕いものをすべて振りすててしまったらしい。彼の自由な姿に私は驚嘆する。

その彼が一カ月以上も私のところに姿を見せないのは、私に借金があるからだ。実は彼は借金のことなどは何とも思ってはいない。借金は至るところにある。借金のなかで暮しているのだ。借金が彼をたのしませているのかも知れない。常識を外れたところに、彼は彼ひとりの喜びを持っている。私にとって苦痛であるものが彼をたのしませている。私の常識で山名と喧嘩をしても、何の足しにもならない。だから私は負けざるを得ない。手も足も出ない。

彼が私のところへ来ないのは、彼が借金にこだわっているのではなくて、私がこだわっていることを察して近づかないのだ。ほとぼりがさめるまでは私をそっとして置く。それがいつもの手だ。どうせ返してくれないと解っている金を、見す見す借りて行かれたあと、私はむしゃくしゃしている。しかし詩人は一カ月も現われない。私はだんだん自制する。古い友達にその位のことはしてやってもいいと考えるようになる。その頃を見はからって、山名は飄然と姿をあらわす。スキー帽をかぶりスキー靴をはいている。今から若い女の子を連れて野沢へスキーに行くのだと言う。彼の家族は相変らず飢えている。六尺かける四尺五寸のひろさのアパートの中で、米が買えないから芋を食べている。彼が女の子とスキーに行っている間だけは、アパートの中が一人当り六尺かける六尺の広さになる。彼はスキーに行く。しかし借金を返してはくれない。私は思い切って催促する。来月になったら返すと詩人は言う。しかし決して返してはくれない。その事を私も私の家内も前もって知っている。だから却って本気で催促する気がなくなってしまう。そして私は負けるのだ。これは私の運命であるかも知れない。そういう風な星まわりになっているのだ。

学生時代には謹厳な青年だった。河童（かっぱ）のような顔をしていた。肉のつかない痩せた顔、痩せた顎。細い鼻の両側に近眼の大きな眼。ロイドぶちの眼鏡の大きな眼。髪が額にかぶさって、ばさりと房になって、河童のようだった。河童のように無口で、哲学的に静かだった。酒も煙草も女も知らない。そしてその頃から詩人だった。清潔でまじめで孤独だった。しかし、心のなかで何を考えていたかわかりはしない。

ただ一つの愛を表現するために少女は少女に成長した
私の新しいイヴは林檎の下　カナリヤの右に居て
冷たい桃色の霧を唇に吸いこむ白い霧はながれて少女の腰を包む
唇が人の名を呼ぶそれは私ではない私ではない

ボートに乗って私は海に出かける

山名は卒業してから先生になった。商業学校の先生だった。先生という不潔な職業が彼に人生の汚れを教えた。その汚れのなかで彼は絶望を知り、矛盾を知り、汚れのなかで浄化された。彼は虚無におちいり人間の限界を知り、幸福を追求する努力をすてて、人生の逆説をたのしむようになった。

五年のあいだ彼は先生だった。彼は先生たちとの交際をすてて、生徒たちを愛し生徒たちと遊んだ。生徒を連れて酒場へゆき待合へ行った。生徒といっしょに質屋へ行って金を都合することを何よりも楽しんでいた。自分の時計を質に入れて、その次には生徒の時計を質に入れた。それから私のところへ来た。私の冬服を質に入れてその金を持って行ってしまった。私はその頃から被害者だった。

彼は人間を区別することのできない男だった。区別のわからない男だった。教師と役人とは、人間に区別をつける。彼は教師にも役人にも、なれない人間であった。しかも彼は教師だった。彼は教師と生徒との区別を知らなかった。兄と弟との区別を知らなかった。親と子の区別も知らなかった。生徒を連れて質屋へゆき、酒場へ行き、弟といっしょに遊廓へかよった。国家観念も民族意識もなかった。コスモポリタンで無政府主義で、無政府主義ですらもなかった。飄々として一個の詩人であるにすぎなかった。そしていつの間にか先生をやめていた。先生をやめて優しい詩を書いていた。愛人にささげるソネットを書いていた。

彼は別の女と結婚式をあげた。三十一歳だった。そんな人並みな事をしたのは山名のまちがいだった。披露宴には七十人もしかつめらしい顔が並んでいた。私はその席で謡をうたった。馬鹿げたはなしだった。山名は神妙な顔をして聞いていた。それから一カ月ののちに、彼は新妻と別れた。みんな背負い投げを食わされた。彼は私たちの眼のまえから姿をくらましてしまった。そしてひそかに元の愛人と海のほとりに小さなかくれ家をつくっていた。

彼は六年のあいだ私の前に現われなかった。そのあいだ私は被害をうけなかった。のうぜんかずらの朱い花は年毎に私の庭に咲き、庭に散り落ちた。絶望の、そのときに、なお燃えさかる、花の華やかさ。花の最期の華やかさ。……山名の愛人は胸を病んでいた。茅ヶ崎の病院にはいっていた。詩人は苦しい思いをして、病院にかよいつづけていた。私はなにも知らなかった。おそらくは彼の生涯において、一番真剣になり一番苦しんだ時期であった。しかし私は何も知らず、何の被害もうけなかった。

その愛人が死んでから、彼は或る日、枯草のようなかさかさした姿になって、私のまえに現われたのだった。まぶたに涙がたたえられていた。しかし唇は絶望的に笑っていた。彼は以前よりももっと河童のようだった。頬はますます痩せてきびしい孤独をたたみ、二つの眼は人間に対する不信の冷たさに沈んでいた。

砂地に軋る黄金のくるま　松の影が黄金に皺を寄せる
葬送曲は蟬が歌ってくれます
消えた命をはこぶ静かな行列　消えた命の力が行列を曳いて行きます
これはあなたが書いた童話です　きれいな悲しい童話
松並木の上から灰色の煙突が見えてくる　それがあなたの終りです

彼は静かに咳をした。死んだ女の病気が彼にうつっていた。死んだ女の持っていた病菌だけが彼のなかでまだ生きていた。彼はまるで女の遺児を抱くようにして、その病菌を胸に抱いていた。

彼はひとりきりになって、私の家からあまり遠くないところに、アパートの部屋をかりて引き移ってきた。六年ぶりで、私と私の家内とは、また被害者になった。

「わたしが死んだら私よりもきれいな奥さんを探して下さいねって。……そう言ったのよ」

山名は女のような優しい言い方をする。私の家内は性懲りもなく涙ぐんでしまう。

「あなたには良いひとだったらしいわね。いっぺんお会いしたかったわ」

「美人じゃないのよ。だけど本当は、美人だったかも知れない」

「写真はないの？」

「自分でみんな焼いてしまった。とても自分がきらいだったらしいの。僕に愛される資格なんか無いって言うの。だから病気になったんだって、そう言った。ほんとにそう思っていたらしい。可愛いね。愛される資格がないのは僕の方なんだけど。……僕を神様みたいな人だって言うの。おかしいでしょう。笑ってもいいよ。でも、そう信じていたらしい。信じられたら、こっちが負けよ。僕は六年のあいだ、ずっと負け通しだった。負けていたくせに、居なくなると、とてもたまらない。僕はもう海を見たくない。病院の窓から毎日海を見ていたでしょう。だから、海を見るとあの人の顔がうかぶ。海って悲しいよ。海の色って毎日変るんだよ。悲しいね。欲望なんかちっとも無いの。病気のためじゃなく、健康な時だって、全然ないの。まるで人形みたい。からだが冷たいの。夫婦だからって、何もそんなことをしなくってもいいって言うの。まるで子供よ。少女趣味ね。純潔にあこがれていたらしい。だから本当は女房になる資格はなかったかも知れない。童話みたいな夫婦だったのよ。だけど、あんな良い女房は二度と見つからないと思う。僕ちかごろ、毎晩酒を飲むの。酔っぱらって寝ちゃうの、泣きながら。本当よ。ビール一本御馳走してくれない？」

私の家内はすっかり同情して、ビールを御馳走する。この独りものの心を慰めてやりたくなる。山名はちゃんと計算している。女の同情をひくような巧みな話術を心得ている。彼の追憶を聞いていると、私の家内は理屈も利害もみんな無くなってしまって、彼の言いなりになってしまう。ビールを御馳走し、煙草を進呈し、あげくの果てに電車賃を借りられてしまう。本当は私の家内の方が詩人の罠（わな）に引っかかったのかも知れない。しかし罠にかかった後味は悪くないのだ。悲しい話を聞かされて同情した後味は、芝居を見て泣いたあとのすがすがしい気持と同じである。妻は被害者でありながら、山名を許している。彼が静かな咳をしながら帰りかけると、

「御飯はどうしているの？」と言う。

「自炊……」

「御馳走してあげるから、ときどきいらっしゃい」

「有難う。また来ます」

しかし彼は食事どきにはやって来ない。何でもない時にぶらりと来てビールを飲んで行く。煙草を持って行く。一体あいつは友達というものを何だと思っているんだろう。私は自分で考えてみる。彼は一方的に私から搾取する。私は搾取されて、ときおりは腹を立てながら、腹を立て切れない。腹を立てる自分のみすぼらしさを考えて、自制する。そこがあいつのつけ目であるらしい。私が自制し、妻が同情する。詩人はやさしい声で死んだ妻の思い出ばなしを物語る。それを私の家内に聞かせてやることが、彼の謝礼の方法であったかも知れない。しかし彼の悲しい思い出ばなしも、日が経つにつれて、だんだん作りばなしが混ってくるようであった。前のはなしと矛盾していた。矛盾するくらいのことは、彼は何とも思っていなかった。静かな咳をしながら、矛盾した話をいつまでもくり返していた。

2

戦争が終りにちかづいていた。空襲警報のサイレンの無情な音が毎晩鳴った。東京の下町はもう焼野原になっていた。しかしその事と山名とは何の関係もなかった。

この自由なる詩人は、人間関係において自由であり、私有財産からも自由であるが如くに、国家からも社会からも自由であった。彼は召集令状も受けず、点呼通知も受けず、徴用令書も受けず、在郷軍人でもなく、翼賛青年団員でもなく、町内会の会員でもなかった。税金すら納めてはいなかった。そしてアパートの二階で自分の飯をたき、美しい優しい詩を書いていた。沖縄が攻撃されても軍艦が沈んでも、彼は心をいためなかった。国家とも民族ともつながりをもたない、孤独なコスモポリタンであった。そのことが淋しくない男だった。

彼の部屋は六畳と四畳半の和室だった。六畳には大きなベッドがあった。死んだ女房の思い出のベッドであった。ラジオと置時計とがあった。それも思い出の品であった。思い出の時計は日本帝国の最後の時をきざみ、思い出のラジオは敵機侵入の模様をつたえる東部軍情報を叫んでいた。

山名は四畳半の部屋に七輪をおき、その上に鍋をかけ、七輪の前にあぐらをかいて、板切れや紙屑を燃やしていた。鍋のなかでは味噌汁が煮えていた。この部屋は煤(すす)と埃(ほこり)とでまっ黒になっていた。詩人はスリッパをはいて畳の上を歩いた。そして詩を書いていた。亡くなった妻にささげる美しいソネットを書いていた。彼は戦争に関する詩を一行も書かなかった。平和に関する詩も書きはしなかった。戦争や平和から超然としていた。現代を超越してどこかしら別のところで生きていた。

ピストルを撃つと一面に白くひろがる白狐
プデングが固まるところです
シャボン玉の上に碇(いかり)をおろして
僕は白い髭(ひげ)を剃る皆さんさようなら

アパートの彼の部屋の真下の部屋に、ひとりの女が住んでいた。三歳の男の子と二人で暮していた。勤めにはゆかない女だった。左の手首に大きなあざのある色の白い女だった。何をしているのか解らない静かな暮しのなかに青白い憂いをたたえていた。

平均三日に二度くらいの割で、三歳の子供が悲鳴をあげて泣いた。泣きながら部屋から外に逃げ出す。女は追いかけて子供を部屋に連れもどす。子供はまた悲鳴をあげて泣くのだった。

山名は上の部屋で冷静にそれを聞いていた。そしてメリケン粉を水にとき、うすやきを焼いた。五、六枚焼いてから新聞紙の上にのせて、狭い階段を降りて女の部屋へ行った。女はもう落ちついていて、三歳の男の子の青いシャツを縫っていた。詩人はにこにこして、口笛を吹きながら、子供にうすやきを与える。女と世間ばなしをする。彼女は誰かの妾だった。男は小さな軍需工場をやっていた。その工場が空襲で焼かれて、妾宅へ遊びに来るひまが無かった。女はいらいらして、子供をいじめる。子供は青白く、いじけていて、うたぐりぶかい眼つきをしていた。山名はその女にむかって、死んだ女房のはなしをして聞かせた。毎日々々くりかえして聞かせてやった。女はますますいらいらする。山名は口笛を吹きながら自分の部屋へもどって行く。

彼の部屋には彼の友達がよく遊びに来ていた。詩人や文学者やジャーナリストが居たことは一度もなかった。彼の友達は居酒屋のおやじ、闇屋の青年、朝鮮人の屑屋の小父さん、昔の商業学校の教え子、屋台の焼き鳥屋という仲間であった。教え子は不良青年だった。彼は人間に区別をつけることが出来なかった。階級ということが理解できなかった。何かに反抗しているようで、虚無におちいっているようで、そのくせ彼自身は当りまえだと思っていた。娼婦も屑屋も詩人も同じだった。居酒屋が焼酎をもってくる。闇屋が鰺を持ってくる。屑屋が葱をもってくる。詩人は七輪に火を燃やす。素朴な宴会がひらかれる。

闇屋は同じアパートに住んでいた。そこで毎晩バクチをやっていた。屑屋も居酒屋もときどき顔を出した。詩人は花札を叩きつけたり煙草をすったりしながら、仲間に加わっていた。すると空襲警報がはじまる。花札はそのままにしておいて、彼は鉄かぶとをかぶる。いかめしい姿をして、夜更けの街角に立って、無限にふかい夜の空を横切る敵機を見あげながら、口笛を吹いていた。植木のかげでこっそり煙草をすって、警防団員に叱られていた。彼は抵抗はしなかった。何千遍でも頭を下げて詫びた。そしてまた口笛を吹いていた。空襲が終るとバクチの続きをやっていた。

山名のアパートの近くに彼の弟が住んでいた。街角を二つ曲って、二町ばかり行ったところだった。彼の弟は兄貴によく似ていた。兄貴よりも律義で、律義みたいな顔をしていながら、兄貴よりももっとずぼらだった。弟も詩人だった。漫画みたいな詩を書いていた。兄貴のことを兄さんとは呼ばずに、英之介君と呼んだ。兄貴も弟のことを寛次郎君と言っていた。兄弟のあいだにも区別がなかった。だからずっと前には、二人で遊廓へあそびに行ったりしたのだった。そういう区別のつかない兄弟だった。常識からすこしずつ外れていた。

弟の女房は気の利かない女だった。義兄（あに）がアパートで独り暮しをしているというのに、食事に呼んだこともなく、菜っ葉ひと束とどけたこともなく、洗濯ひとつしてやったこともなかった。そして無二無三に子を産んだ。おととし産んで去年産んで今年もまた産んだ。小さい一軒建ちの家に住んでいた。家の中は子供だらけだった。「人口は国力である」と政府は宣伝していた。

寛次郎君は正月に出征した。駅のホームで見送りの人たちと一緒に電車を待っていると、彼の腰のまわりには葡萄の房のように子供たちがぶらさがっていた。山名は洋服に下駄ばきで、煙草をくわえたまま笑っていた。それから弟の耳に口を寄せて、

「寛次郎君、あのね、人に言うなよ」とささやいた。「……要領よくやって、生きていなよ。戦争はそのうちおしまいになるからな。本気で戦争したら損だぜ。わかったかい」

「ああ、僕もそう思ってる」と弟は答えた。それからみんなが万歳を叫んだ。

弟は出征してから葉書一枚もよこさなかった。これもまた兄貴に負けないほど、自由なる詩人だった。

五月の或る夜、東京の山ノ手一帯は大空襲をうけた。夜半の一時からはじまって三時まで続く空襲だった。私は鉄かぶとをかぶり、自分の家のまわりを走りまわった。しかし本当は、もう焼けてもいいと思っていた。焼ける方が当りまえだった。防ぐ方法はなかった。家族を山の中へ疎開させて、私もひとりきりだった。日本の軍隊をも飛行機をも、頼りにしてはいなかった。独りで生きて行くより仕方がない。

私の家のまわりは煙だらけだった。東西南北ことごとく燃えていた。けむりが空を掩うて、敵機も星も月も、空さえも見えなかった。けむりに炎がうつって、空が真赤に泡立っていた。その煙のなかから焼夷弾が花火のように降ってきた。

山名のアパートの方角はどんどん燃えていた。炎が高く立ちのぼり、材木のはじける音がきこえた。あいつはやられたに違いない。しかし良いきびだとは思わなかった。私は被害者であいつは加害者だ。やられたら天罰かも知れない。けれども良いきびだという気はしなかった。行って見てやろうと思ったが、頭の上からはまだ焼夷弾が降ってくる。他人を助けてやれる時ではなかった。自分を守るだけがせい一杯だった。

それから三十分以上も経って、ラジオが警報解除を知らせた。私は夜道を走って行った。私は兵隊靴をはいてゲエトルを巻いていた。夜道は明るくて、こげ臭かった。ガードをくぐると山名のアパートが見えた。屋根から火を吹いていた。瓦と瓦とのあいだが金色に光っていた。燃えはじめてからあまり時間が経ってはいないらしかった。

アパートは中庭をはさんで四角に建っていた。裏手の一棟は焼け落ちて、ちょうど並行になった二列が東の端から一室ずつ順々に燃えてきたところだった。板塀に沿うて私は走った。板塀も燃えていた。ちょうど二階の山名の部屋が、窓から火を吹いているところだった。その真下の、三歳の子を連れた女の部屋も燃えていた。見ている前で壁がくずれ、部屋のなかが剝き出しになった。炎が渦をまいていた。タンスが燃えていた。消防夫はひとりも居なかった。アパートの人々も居なかった。火事は勝手に燃えていた。夜半の三時だった。

山名を呼びながら、私はアパートのまわりを廻った。意外にも静かな火事場だった。みんな逃げてしまったのだ。山名がどこへ行ったのか、消息をたずねる人が居なかった。山名君、山名君！　山名君居ないか！

「おうい、誰だ」と答える声がした。

火の燃えていないところは真暗だった。私の眼が火に焼かれて、視力が狂っていた。暗い下をすかして見ると、道のむこう側に麦畑があった。麦畑のはずれは竹やぶだった。青麦の伸びた草を敷いて、山名は竹やぶの前にうずくまっていた。寝具と鞄とを積みあげたそばに坐って、自分の部屋が燃え落ちるのを眺めながら、煙草をすっていた。そのそばにもうひとり、誰かが居た。すかして見ると女だった。詩人の真下の部屋に住んでいた。あの女だった。手首にあざのある、色の白い、ヒステリーを起しては子供を泣かせていた、あの女が山名に寄り添うて坐っていた。

「どうしたんだ」

「もう仕様がないよ」

「荷物は？」

「これだけ出した。いま何時だい？」

「三時すぎだ」

「腹がへったな」

「君の弟の家はどうだった」

「あ、忘れていた」と山名は言った。

「行ってみよう」と私が促すと、彼は立ちあがった。

けむりの下をくぐって、二町ばかり私たちは走った。すると焼跡に出た。道の片側が焼け落ちて、広い野原になったところで、真赤な柱だけが何十本もいぶっていた。風が吹くと炎が立った。水道栓から細い水が吹き出して、焼土の上に夜の虹を描いていた。

弟の家は残っていた。戸障子は開いていた。そして誰も居なかった。女房は子供の一群を引きつれて、どこかへ逃げて行ったに違いない。押入のなかでふとんがいぶっていた。玄関の畳が火になっていた。私と山名とは家じゅうに水をかけて歩いた。火が消えた頃に夜明けがきた。よく働き、よく活躍したことが、何かしら嬉しかった。誰かにほめて貰いたい気持だった。夜があけると平和だった。生きているということだけで平和だった。

私たちは麦畑にもどった。アパートは半焼けになって、表の一棟は残っていた。女はまだ麦畑に坐っていた。例の子供は二、三日まえに知人のところへあずけて来たと言っていた。子供が居なくなると山名と女と二人きりだった。水いらずみたいだった。

「あんた今からどうするの?」詩人は青麦の上にあぐらをかいた。

「あたしどうしようかしら。知りあいのところへ行ってみますわ」

「知りあいってどこさ」

「駒沢(こまざわ)の向うの方なんですけど、焼けていないでしょうね、心配だわ」

「電車、ないよ。歩いて行ける?」

「歩けますけど荷物があるわ。リヤカーを貸してくれるところ、無いでしょうか」

「リヤカーは有るさ。腹がへったね」

私は二人に何か御馳走をする約束をした。そして先に家へ帰った。家のなかはがらん洞で、初夏の朝風が吹きぬけていた。雀も居ない、鳶(とび)も飛ばない、野良猫も散歩に来ない、不思議に静かな朝であった。

私はゲエトルを巻いたまま、粥を煮た。高粱米のまざった粥、大根の葉を刻みこんだ粥、岩塩で味をつけた粥。これが日本の食糧だった。私の菜園でいんげん豆が花をつけていた。バラ、チューリップ、ヒヤシンス、あらゆる花の絶えたあとに、いんげん豆の白い花だけが、たった一つの花だった。

間もなくリヤカーに積んだ荷物を、山名がななめになって曳いて来た。女も一緒だった。縞のモンペをはいていた。髪を手拭で包んでいた。

廊下の日向に並んで腰をかけて、二人はぼんやりしていた。丼に粥をいれて、私は二人に食わせてやった。またしても私は被害者だった。縁もゆかりも無い女がここで、私の粥をたべていた。手首に大きなあざのある、どこかの男のめかけだった。二人とも罹災者のみすぼらしい姿だった。二十五、六の、すこしぼんやりした女だった。二人で並んで粥をたべていた。二人とも罹災者のみすぼらしい姿だった。するとニ人が夫婦のように見えてきた。共に苦労を分けあって、共に苦難に耐えて来た、ずっと前からの夫婦のように見えてきた。私にとってそんな事は、どっちでもいい。どっちでもいいけれど、もしそれが本当ならば、今度は山名が被害者であるに違いない。

女は唇を拭いて私に礼を言った。五月のうららかなお天気だった。燃えつづけている焼跡のけむりが、空のかすみになっていた。

「山名さんわたくし、行ってみますわ」

その言葉はやはり他人同士だった。女は気がせいているらしかった。運動靴をはいた白い足がたよりなかった。手拭で頭を包んで、屑屋の女房のような格好になって、彼女はリヤカーを曳いて行った。彼女はどこかの男の妾だった。その男は助けに来てはくれなかった。彼の家も焼けたかも知れない。女は孤独なうしろ姿で、ななめになって車を曳きながら、どこかへ行ってしまった。その男と彼女との関係を、彼女は今日まで頼りにしていた。その間違いがようやく解ったのだ。子供さえ有るのに、男はやはり他人だった。永遠に他人である男というものを、彼女ははじめて知ったに違いない。

「あのひと僕と、何でもないのよ」

山名は煙草をすいながらそう言った。

「ほんとに何でもないのよ。信じてくれなくてもいいけどさ。ただ僕、かわいそうだから遊んでやっただけ。つまんない女。旦那はもうとっくに捨ててしまったんじゃないかしら。それをあのひと、まだ気がついていないらしい。すこしぐらい僕を愛していたかも知れない。僕の方は何ともないんだけどね……」

また空襲警報が鳴って、艦載機がすばやく空を走った。

「僕、帰ってみるよ」と彼は言った、「あ！　帰るとこが無いんだったね。はは……。焼けてしまうと気が楽だね。弟のところへ行ってみる。さよなら、御馳走さま」

彼はすこしも変っていなかった。戦災をうけてさえも、戦争と縁のない男だった。国家からも社会からも孤立していた。彼はいつでも自由だった。彼は蛇の年の生れだった。どんな小さな隙間からでも、身をくねらせて逃れ出る術を心得ていた。拘束されない心をもっていた。非常識で図々しくて勝手気ままで手前勝手で、冷たい男だった。友達甲斐のないやつだった。そのくせ私はこの詩人を捨て切れなかった。彼とつきあって一度も得をしたことがなかった。しかも私は彼の自由さをうらやんでいた。うらやみながら、常識的な馬鹿くさい自分の生活の殻を出られなかった。

今日から明日にまでつづいている私の運河
光は押されて来るのぼって来る
光の匂いがくる胡弓(こきゅう)の歌がくる
飛行機がさかさまに流れてくる
今日から明日にまで私は待ちつづけている私の何かを

詩人の待っていたものが私には解らない。私は何を待ったらいいのか自分で解らない。詩人は蛇のように静かに、何気ない顔をして、明日の何かを待っている。静かな咳をしながら、河童のように眼を光らせ、ぼさぼさの髪をかき上げながら、人生の運河のほとりで何かを待っている。その運河から、何も来はしないと私は思う。山名は何かを信じている。なにものをも信じないこの自由なる詩人が、明日来るものを信じてゆったりと待ちつづけている。私には解らない。

戦争が終って、何万という紅毛人が東京にはいって来た。英語とジープとがはいって来た。退廃した風俗がはいって来た。チュウインガムとインフレーションとコカコラとがはいって来た。大きな運河がそういうものを運んで来た。詩人の待っていたものはその中の何であったろう。

3

戦争が終って、山名はまたアパート住居(ずまい)をはじめた。ひとりきりだった。終戦の前後の、家族を養い家庭を支えてゆくことが一番困難であった時だけ、彼は独り者だった。したがって彼は、戦争というものの骨身に徹する苦しさを、人並に感じてはいなかった。だから戦争が、いつまで経っても他人のことに過ぎなかった。

半年すぎ一年すぎた。敗戦の日に私の庭で咲いていたのうぜんかずらが、また朱い花をつけた。或る日、詩人は瓢然として庭木戸から姿を現わした。彼の足もとに、うつろな音をたてて朱い花がぽろぽろと落ちた。

「暑いね。みんなお元気?」

「ああ。何とかね」

「ちかごろ、お酒、不自由じゃない?」

「不自由だね」

「良い焼酎を飲ませるうちがあるよ。晩に行ってみない？……昼間は売ってないの。密造だから。朝鮮人の屑屋さんだけど、とても善良な夫婦でね、その人の家の裏で、リヤカーに腰かけて、蚊に食われながら飲むの。星をながめながら。ちょっと風流みたい。安いんだ。僕だと特別に安いの。友達だから。その奥さんが可愛いひとでね。朝鮮の女って可愛いね。亭主が見ていないときに、こっそり僕に焼酎を注いでくれるよ。僕を愛しているらしい。おかしいね。僕は何ともないけど。……煙草、ない？　有ったらおくれよ。ゆうべから一本もすっていないの」

「詩集が出るはなしはどうなった」と私は意地の悪い質問をする。

「うん、近いうちに出る。それで少しまとまった金がはいるから、土地を買って家を建てる。土地はもう見つけてあるの」

「家を建てても独りきりじゃつまらんね」

「うん、だけど、近いうちに結婚する」と山名は冷静に言った。

結婚という言葉を聞くと、女は急に鋭敏になる。私の家内が面白がって、となりの部屋から駆け出して来た。

「山名さん結婚するの？……凄いのね。三度目でしょう。三遍も結婚するなんて、狡いわね」

詩人は、日ざかりの庭に落ちる朱い花をながめている。花の中を落ちる花の音。……

「本当は僕、結婚するつもりじゃなかったの。だけど結婚した方がいいから、結婚することにしたの」彼は訳のわからないことを、独りごとのように呟く。

「変な言い方ね。どうしたって言うの?」

「そう?……僕の言い方は変かしら。そのひと、本当は未亡人なの。まだ若いんだけど。未亡人になりたて。旦那さんが死んで三カ月にしかならないの。そんなこと構わないでしょう。それでも僕、遠慮したのよ。もっと先にしようかって言ったの。そしたらその女は、先にしなくてもいいって言うの。だから近いうちに結婚する。いまでもときどき遊びに来てる。お料理なんか上手よ」

「そのひと、綺麗?」

「ちょっとね。だけどあんた程じゃない。大したことないよ。死んだ女房の方がずっと綺麗だった。ほんとは僕まえからその女を知ってたの。五、六年まえから。ちょっと好きだったけど、何でもなかったの。それが僕ね、友達をけしかけたの。去年のはなしよ。そしたら巧く行ってね、去年のクリスマスから二人同棲していたの。たった五カ月」

「その人が死んだの?」

「発疹(はっしん)チフスで死んじゃった。未亡人って簡単になれるのね。僕がけしかけたから、責任があるでしょう。だからそのひとを引き受けてやることにしたの」

「あら、変なはなし」と私の家内は言った。

「そうね。僕も変だと思う。だけど変でもいいでしょう。変でない結婚なんて、無いよ。結婚ってみんな変なもんだと思うの。そうじゃない？……今度連れて来るから、お友達になってね。ちょっとイットがあって、色っぽいの。そこが良いんだ。それだけが取り柄。ほかは何もないんだけど。おかしいでしょう？」

（今日から明日にまでつづいている）彼の運河が、このたびは詩人の新しい妻をはこんで来たらしい。しかしその新しい結婚に対して、彼は傍観者のように冷淡で、何の期待も持っていないようだった。いたずらをする子供のように、無責任で我儘だった。明日の幸福も老後の平和も、なにも考えてはいないようだった。前の女房が死んだとき、火葬場の灰色の煙突を見て、（それがあなたの終りです）と嘆いた、その夏の蟬しぐれから、たった三年しか経っていない。性懲りもなく再び妻を迎えようとする、男とは一体何であろうか。そういう疑いを私が口にすると、詩人は静かな咳をしながら、小さな声で言うのだった。

「それで宜いんじゃないかしら。女房なんて消耗品だからね。いくら可愛い女でも、婆さんになったら仕様がないし、どうせいつかは死ぬだろうし、ほかに良いのが見つかったら、取り替えるのが当り前よ」

「そんならあなただって消耗品よ」

私の家内が憤然と抗議した。

「そうよ。勿論よ。僕なんか一番下等な消耗品。だけどどこかに魅力があるのね。だからいくらでも、女房に来てくれる女が居るのね」

世間のうるさい道徳を、彼は勝手に無視していた。そういう自由な生き方が、彼には出来て私には出来なかった。

詩人のアパートを訪ねてみると、綺麗なふっくらした女房が坐っていた。六畳ひとまの汚ない部屋には、勿体ないような女だった。慎重な手つきで茶をいれて、作法正しくすすめてくれた。こんなに若くてきれいな女が、何をすき好んで山名のところへやって来たのか、却って料簡がわからなかった。山名が誰かをけしかけて、けしかけられたのが彼女だった。たった五カ月で良人に死なれて、今度はけしかけた張本人の、詩人の女房に転向した。変なはなしだと私は思うが、結婚ってみんな変なものだと詩人は言うのだ。彼はどっちでもいいけれども、そんなに話がすらすらと進んでいいのかと、私が却って不安を感じた。

「どうだい君。なかなか良い女房でしょう。……本当は僕、結婚なんかする気はなかったの。だけど放って置けば、どうせどこかの男の所へ行ってしまうでしょう。女だからね。勿体ないから僕の女房にしちゃったんだ。とても可愛いところがあるの。再婚なんて思えない」

女の眼のまえでそう言った。女は肩をくねらせて、嫌な人ねと呟いた。そういう言い方をされるのが、嫌ではない女だった。山名とは十八も年が違っていた。水商売のできそうな、人なかで揉まれて来たような、そういう知恵を持っていた。生きて行くことに自信のある、金もうけの道を知っている、それだけ男を頼りにしない、芯の強い女であった。詩人にとってはその方が、都合がよかったに違いない。そういう無責任な男だった。まじめに将来を考えたり、女の幸福のために努力したり、そんな当り前なことは何もしないつもりだった。結婚しても孤独だった。孤独であることによって自由であった。

しかし女は子供を産んだ。彼の三人目の女房が、はじめて彼の子供を産んだ。詩集は出版されたけれども、質屋の払いと飲み屋の借金と、それからあちこちで酒を飲んで、すっかり無くなってしまった。私が何度か貸した金は、ちっとも返してはくれなかった。まとまった金ははいったが、彼の家は建ちそうもなく、女房のふところも豊かにはならなかった。女房が病院にはいった時、山名は私のところへやって来た。息を切らしながらあわただしく、とにかく三千円貸してくれ、子供が生れるんだから仕方がないと言った。私はここぞと思って言ってやった。

「自分の子供の出産費用ぐらいは、おやじがかせいでやるもんだ。おやじの借金で生れたのでは、子供の将来にけちがつくぞ」

私の家内は女だから、出産とあっては黙っていられない。私の反対を押し切って、また三千円貸してやった。私たちはいつまで経っても、被害者の立場に釘付けだった。山名はふところに金を入れると、河童のようなぼさぼさの髪をゆっくり掻き上げて、小さな咳をしながら言った。

「子供がうまれるの、うれしいね。僕が二人になるみたい」

その嬉しさが詩人にとって、果してどのような嬉しさであったのか。嬉しさが愚劣さと結びつき、喜びが退屈につながっているという風な、まるで他人のような、テレビを見ている人のような、遠い感情ではなかったろうか。

幕が開くとそろそろ喜劇がはじまります
前奏曲はラヴ・ソング
女の胎に宿る古風な新しい喜劇
筋書きは誰でも知っています
私の芝居はもう終りです

生れて来る子供に対して、本当に虚無を感じていたのか、それとも虚無をもてあそんでいたのか、私には何れとも解らない。みずから虚無を装うて、責任のがれの手段にしようとする、卑怯な弱者の心理もあったかも知れない。私の羨んでいた彼の自由が、いつの間にか彼の心を蝕み、怠惰を弁明する手段として、または無為を粉飾する迷彩として、虚無を利用していたような、そういう疑いもなくはなかった。私は危険を感じていた。

最初に男の子がうまれた。翌年は女の子だった。詩人の妻は次の年も次の年も身ごもった。三年つづけて彼女は搔爬手術をしてもらった。アパートの部屋が六畳で、四人以上は無理だったから、五人目からは除外された。童話が三つ、出来そこなった。彼女は痩せて、淋しくなった。眼が大きくなり頰がやつれて、からだの線がたるんで来た。歯が抜けて髪がぬけて、十八も年が違っていたのに、七つ違いの夫婦ぐらいに見えて来た。それで均りあいがとれた。子供が二人、いつも彼女の腰のまわりをうろうろしていた。

「上の男の子は画家にするの。とても良い感覚をもっている。月が出たら、お月さまって緑色だねって言った。素晴らしいでしょう。色盲じゃないかしら。毎日肉ばかり食べさせるの。菜っ葉なんか食べさせたら、感覚がしなびてしまうからね。女の子は可愛くない。男の子だけあればいいの。普通の学校なんかやらないつもり、算数だの社会科だの、意味ないでしょう、天才が駄目になってしまうからね」

自分の子供の誕生を、山名は喜劇としか見ていなかったが、上の男の子は溺愛していた。他人とは型の違った溺愛だった。私たちの側から見ると、彼の溺愛こそ一種の喜劇だった。彼には子供を愛する方法がよく解っていないらしかった。自分勝手な夢をえがいて、その夢と息子とを一致させようとする、残酷な思いやりのない愛情だった。彼の妻が彼の玩具にすぎなかったように、子供も玩具みたいだった。父の要求が呑みこめないので、幼い子供はぽかんとしていた。

「お池を見てごらん、あの池。水があるね。水、何色?……白い? 白くなんかないよ。青い?……ほんとに青い?……青くない所もあるよ。木の影は何色? ちゃんと考えて返事するんだ」

子供は父の腕に抱かれて、人生の困難をはじめて知らされる。父は苛酷に色彩を追求する。それが愛情だと思っていた。苛酷であることを知っていた。苛酷さは、彼が子供に救いを求めている姿でもあった。子供が無ければ山名の破綻は、もっと早くやって来たかも知れない。もっと遅くやって来たかも知れない。とにかく彼が子供をもったことによって、彼は結論を要求された。詩人山名英之介の結論を出さざるを得なくなった。それが破綻の原因だった。

愛情と自由とが矛盾していた。愛情は山名の心を拘束したに違いない。山名は自由を失った。本質的に失っていた。愛情が本能的なものであったから、その分だけ自由は無くなった筈だった。ところが、詩人はどっち付かずだった。三人目の妻と同居しながら、三日も四日も外泊したり、妻の米代もなくなるまで酒を飲み歩いたり、要するに妻への愛情は、彼の自由を拘束してはいなかった。わざとそんな子供っぽい反抗をしてみたのかも知れない。やがて妻が抵抗する。山名も抵抗する。不和が生ずる。自由が危くなる。自由を守るために彼は再び抵抗する。しまいには山名が彼自身と闘わなくてはならない結果になった。そうなるだろうと私は思っていた。そしてその通りになった。詩人の生活はますます非常識になって行った。彼は非常識とは思っていなかった。（私の芝居はもう終りです）と書いた詩の一句が、彼自身の運命を予言するのではないかと私は思っていた。山名は痩せて、顔色が悪かった。二番目の妻の病気が、彼の胸のなかでだんだん拡がっていた。それから煙草の中毒で、酒の中毒だった。いつも指先が慄（ふる）えていた。

4

私の家内が編みものをしていた。庭につつじが咲いている。そこへ詩人が現われた。庭木戸をあけて、葉桜の下をくぐって、ネクタイをきちんと締めて、鳥打帽子をかぶっている。

この前の借金の、ほとぼりがさめた頃だった。

「あら、珍しいことね。どうしていらっしゃるの？」

詩人は廊下に胡坐（あぐら）をかいた。髭がのびて、顔がしなびている。

「女房と別れようと思ってるの。今度こそ本当に別れる。いっしょに居たって仕様がないからね」

「また例によって口先ばかりでしょう」

「そうじゃない。もう二カ月も夫婦じゃないの。あの人は僕と別れた方が幸福らしい。僕も幸福になるかも知れない。幸福なんか要らないんだけど……」

「原因は何ですか？」

「原因は僕が悪いの。お金をちっともやらないから。養ってやらなかったら女房が逃げ出すのは、あたりまえね。だから別れるの。あの人は自分で働くって言うの。その方が良いでしょう」

「奥さんのどこがいけないの？」

「僕に抵抗するから……」

「だってそれこそ当り前よ。お米が無くなったら誰だって抵抗するわ」

「そうよ。だから僕が悪いの。仕方がないでしょう」

「子供はどうするの？」

「男の子は僕が育ててやる。そして日本一の新しい画家にするの。女の子は要らない」

山名は河童のような顔をして、声を立てずに笑った。

「それからちょっとお願いがあるの」

「またお金?」

「そう。よく解るね。直感が鋭いのね。女性は直感が鋭くなくては駄目ね。直感のするどい女はきっと心がきれいなのね。そしてそういう女は大てい美人よ」

「お世辞を言わなくてもいいわ。お金はもう御免よ。この前のだって返して下さらなかったでしょう」

「そう。悪かったと思ってるの。近いうちにきっと返しに来る。ちゃんとそのつもりで予定しているの。今までの分をみんな返す。きっとよ。だから今度だけお願い。これが最後だから……」

「だめよ。もう懲りてるわ」

「あのね、訳を聞いてよ。僕の友達が死んだの。友達じゃないんだ。その奥さんが死んだの。かわいそうでしょう。僕も女房に死なれたことがあるから、悲しみがよく解るの。あなただって解るでしょう。きれいな優しい奥さんだったの、そのひと。まだ若くって、利口でね。僕は心の中で愛していたの。心の中だけよ。向うは何も知らない。だけど若しかしたら、その人も僕を愛していたかも知れない。だから僕、一層かなしいの。自分の女房が死んだような気がする」

「よその人ばかり愛さないで、御自分の奥さんをもう少し愛した方がいいわ」

「そうね。それ、本当だね。また考えてみよう。とにかく今からその人の葬式に行かなくてはならないの。その亭主は貧乏でね、僕みたいに、僕よりももっと貧乏かも知れない。だからかわいそうでしょう。香奠（こうでん）を三千円持って行ってやるの。そうすれば少しは綺麗なお葬式ができると思うの。その位の事はしてやらなくては、僕の気持が済まない。解るでしょう。それからね、葬式だからモーニングを着て行こうと思うの。貸し衣裳屋で聞いてみたら、モーニングは一日借りるのが二千円だって。仕方がないよね。今度の月曜日にお金がはいるの。確実に。一万六千円ほど入るの。だから月曜日にちゃんと返しに来ます。僕はたびたび嘘をついたけど、今度だけは本当。ほかに誰も貸してくれる人が無いから、仕方なしに来たの。僕の気持だってかわいそうよ。借金を頼むぐらい辛いこと無いね。本当よ」

　私はまた反対した。絶対に貸さないと言って頑張った。しかしだんだん山名が憫れになって来た。結局この詩人は、自由でもなく我儘でもなく好き勝手をしているのでもなく、いままでは自分の我儘や自由に追いつめられて、どうにもならない行き詰りの道に追い込まれて、息苦しさに喘いでいるのではないだろうか。妻を憎み妻と争うのも、本当は妻が相手ではなくて、妻の姿をした山名自身と闘っているのではなかったろうか。妻の態度は良人の在り方の反映であり、妻だけが妻の意志で彼に抵抗しているのではない筈だ。彼等の夫婦生活の行き詰りは、とりも直さず詩人山名英之介の行きづまりであったに違いない。

そう考えると私はこの詩人があわれになった。そしてまた五千円借りられてしまった。私はその時に諦めた。世の中には不思議な運命というものがあって、生涯他人に与えながら生きて行くもの、与えられて生きて行くもの、いろいろな生き方がきまっているものらしい。私と山名との関係は、私が生涯搾られるように出来ているのだ。交際を断絶することは容易だが、絶交したあとに何かしら苦い思い出が残りそうで、それが嫌だった。お金のことで古い古い友達を失ったのだと、そう思うことが嫌だった。それからもう一つ、この詩人の行く末が見たかった。これからさきどうなってゆくのか、どんな事をやり出すか、それが見たかった。（私の芝居はもう終りです）と詩人は書いたが、その喜劇の幕切れを見たかった。悪い心だ。

月曜になっても火曜日になっても、詩人はお金を返してはくれなかった。

「やっぱり駄目ね」と私の家内は言った。

駄目なことは解っていたのだ。しかし私は催促に行った。催促にかこつけて、彼の生活を見に行ったのだ。

アパートの暗い廊下に立って、山名の部屋の扉をひらくと、大きな男が三人も居た。あぐらをかいて、車座になって、午後三時という日ざかりに、花札をやっているのだった。山名の女房は子供を抱いて、博奕（ばくち）の仲間に加わっていた。私は息を呑む思いだった。そして山名は居なかった。三人の男たちは風態（ふうてい）のわるい、目つきの悪い、三十前後の連中だった。一人は焼酎を飲んでいた。

例によって山名のところには、おかしな友達ばかりが集まっていた。彼は階級ということの解らない、人間と人間との区別のつかない男だった。闇屋の青年だの日雇人夫だの朝鮮人の屑屋だの失業している運転手だの、そういう人たちが昼間から遊びに来る。山名の家庭はこの人たちの、奇妙なクラブになっていた。家庭は始めから崩れていた。崩したのは山名自身であったに違いない。そのくせ彼は今になって、崩れた家庭に文句を言ったり、悪態をついたりしているのだ。

女房は昔の俤はなかった。まだ三十にもならないのに、四十ぐらいの年に見えた。しどけなく着崩した着物をつくろいながら、片ちんばの下駄をはいて、私を別の部屋に案内してくれた。山名は別の部屋で仕事をしているのであった。

二階のどん詰りの四畳半で、詩人は詩を書いていた。外は良いお天気であったが、雨戸を閉めて電灯をともしてあった。山名は寝床の上にあぐらを掻いて、石炭箱の上に紙をひろげて、部屋のなかを煙草のけむりで真白にして、腐ったような蒸れたような空気のなかで、詩を書いていた。紙の上から顔をあげると、まるで河童だった。長い髪は額に垂れさがり、落ちくぼんだ眼窩(がんか)のなかから大きな眼が二つ光っており、頰は尖り顎(とが)は痩せて、口がおどろくほど大きく見えた。そして続けざまに咳をした。この人にむかって借金を返せと催促するだけの勇気を、私は持たなかった。敷いてある夜具から悪臭が立ちのぼり、雨戸をもれる細い日光の縞のなかで、白いけむりが光っていた。

これが自由なる詩人の、最後の自由の場所であった。この腐ったような部屋のなかにのみ、彼の自由が残っていた。わずかにここだけに残っていた。彼の自由は歪められ、ずたずたにされ、そして肺病にかかっていた。

私たちは連れ立って、街の喫茶店へ出かけて行った。とろとろの濃いコーヒーを、山名は立てつづけに二杯も飲んだ。

「毎日僕はここへ来るよ。どうかすると一日に三度も来るよ。ここのコーヒーが一番おいしい。少し中毒になってるみたい。大したことはないけどね」

彼はいつもの優しい口調で、たのしそうに話しかける。

「女房と本当に別れるよ。今でもほとんど別居とおなじ。子供だけが行ったり来たりしているの。子供は僕を愛しているよ。母親なんか愛していない。母親も子供を愛していない。だからちょうどいいでしょう。この次はもっと良い女房をもらう。ひとり良い子を見つけたの。二十一だけど、老けて見える。二十三か四ぐらいに見える。とてもしっかりしていてね、良い感覚をもってるの。詩を書かせてみようと思うんだ。髪が赤くて、まるで外人の娘みたい。色が白くて人魚のような手をしているの。僕を小父さんて呼ぶんだよ」

山名は蛇年の生れだから、もう五十にちかい年だった。二十一の娘を女房にして、一体どうしようと言うのか、私には理解できなかった。或いはこの詩人は三十前後の頃から、人間的な進歩がとまっていて、今でも三十ぐらいの未熟な心をもっていたのかも知れない。若さを失わないと言うことも美しいが、老成するということも大切だ。山名には老成の跡が見られなかった。だから私の眼には片輪に見えた。昔は大学の教室で、机をならべた私たちであったが、三十年の歳月が二人をへだてていた。二人の心に通いあうものが、だんだん少なくなっていた。

別れて帰ると私の家内がたずねた。

「借金のはなしはどうでした?」

「借金のはなしはしなかった」

「あら……今まで何をしていたの」

「街でコーヒーを飲んで来た。コーヒー代は俺が払った」

「ミイラ取りがミイラになったのね」

「山名は女房と別れるそうだ」

「同じことを一年も言っているわ」

「今度は本当に別れるそうだ。そして新しい女房をもらうそうだ。二十一の娘さんで、外人みたいに赤っ毛で、人魚のように色が白いそうだ」

「ああ、あの人はもう駄目ね」家内はそう言って慨嘆した。

5

それからあとは悲劇だった。喜劇のあとが悲劇につながっていた。私にも家内にも、そういう結果は予測された。予測はされたがどうにもならない。何とかしてやろうという熱意もなかった。私は怠惰な傍観者だった。家内も匙をなげていた。経済的に助けてやるだけでも、悲劇を食いとめる力になったかも知れない。しかし詩人もこれ以上は、借金を申し込むことも出来なかったのだ。静かに破局が進んで行った。半年がかりでじりじりと、駄目になるものが駄目になった。二年も三年もかかって崩れて来たものは、本当の土台から崩れているのだ。

山名の新しい婚約者を、私は一度も見なかった。第四番目の彼の妻は、彼の口から話を聞いただけで、外人のような赤い毛も、人魚のような白い指も、私は見る機会がなかった。もしかしたらその女性は、単なる伝説であったかも知れない。詩人の幻想であったかも知れない。仕事について、経済について、愛情について、あらゆる敗北の果てに彼が夢みた美しい童話であったかも知れない。雪の女王でありかぐや姫でありシンデレラであるところの美しい童話の女性を、第四番目の妻に幻想していたのかも知れないのだ。その後に事件が起きたときにも、童話の女性は姿を見せなかった。誰もその人のことを知らなかった。詩人は現実の世界から追いつめられて、生きながらにして幻想の世界に、第四次元の世界にのがれていたのだ。

七月末の日ざかりの、照りつける暑さのなかに、のうぜんかずらの花が燃えるような朱色に咲きさかっていたとき、久しぶりに山名が私の家の庭に現われた。花の下に立つと、詩人の痩せた肩に、ぽっくりと音をたてて花が落ちた。花の姿のまま、いささかの崩れもなく、みずみずしく朱い花の筒が、彼の肩に弾ねかえって地に落ちた。

「暑いね。みんなお元気?」

彼の腰のうしろに、腰ぐらいの背の高さで、男の子がついていた。来年から学校へゆく年になっていた。将来は日本一の画家になる予定の子供だった。子供は無口で、大きな眼をひらいて、警戒するように私たちを見ていた。何かをおそれ、何かにおびやかされている表情だった。何が怕かったのか。もしかしたらこの子の最も恐れているものは、その父であったかも知れない。何を問われても返事をしなかった。子供らしくもなく、いつも何かにおびえていた。かわいそうな子だった。その子を見るとその父の、罪の深さが感じられた。

私の煙草をたてつづけに、三本も四本もすってから、

「僕、女房と別れたの」

歪んだ笑いを見せてそう言った。それから両手で口を押えて、淋しい音をたてて咳をした。

「二カ月も前から別居してるの。僕だけ別のアパートへ引越したんだ。汚ない部屋だけど静かで良い。今度は本当に良い詩が書ける」

「その子と二人で居るのかい」

「子供はちょっと遊びに来たの。母親が嫌いだから、僕の方へ遊びに来るのよ。だけど僕は養ってやれないからね。ちかいうちに女房を貰って、それからこの子を引き取るつもり。女の子は引き取らない」

私の家内がそれを聞いて、

「あなたよりも奥さんがかわいそうね」と言った。

「女房なんか、かわいそうじゃない。もうちゃんと男をこさえているの。何も証拠はないんだけど、僕はそうだと思っているの。この子にいろいろ聞いてみたら、どうもそうらしい。僕はどっちだって構やしないよ。もう赤の他人だからね」

父のそばに小さく坐って、子供がその話を聞いていた。私の家内が悲しんで、子供にクレイヨンをあたえバナナを与えた。子供はバナナを撫でさすっていたが、いくらすすめても食べなかった。みんみん蟬が鳴いていた。

「それを持ってママの所へお帰り。また明日、パパのおうちに来てもいいからね」

山名はそう言って、頭を撫でてやった。小さな泥だらけの下駄をはいて、淋しげなうしろ姿を見せて、子供はひとりで帰って行った。

詩人はその夜、酒をのんで、自分のアパートで喀血した。介抱する人は誰もいなかった。人魚のような白い手の女も、彼につき添ってはいなかった。あくる日の昼すぎに、子供が父をたずねて来て、部屋の扉をたたいた。パパ、パパと小さな声で呼んでいた。山名はよろめきながら出て行った。子供はクレイヨンと画用紙と、風呂敷包みとを持っていた。画用紙のあいだに、別れた女房からの手紙がはさんであった。

「お母さんはみっちゃんと、バスに乗ってどこか行った。僕も行きたいよ」

子供は父にとりすがって泣いた。子供の母はこの子を詩人に押しつけて、郷里の田舎へ帰ったのだった。三くだり半の、別れの手紙を持たされて、子供は母に棄てられた。父は血を吐いて、床に寝ていた。雨戸をしめたままの真夏の部屋は、悪臭と熱気で蒸れていた。子供の画用紙にはクレイヨンで、赤い三輪車の絵がかいてあった。

右へ廻レ大キク廻レ女カラ離レテ右へ廻レ
べるヲ鳴ラセはんどるヲ切レ三輪車ハ右へ廻レ
運河ノ横橋ノタモトれもんカラ青イ血ガシタタル
眼ヲツブッテとんねるニハイレはんどるハ右ニ廻セ

その翌日、山名の子供が私のうちへやって来た。悄然（しょうぜん）として、物も言わずに、半ズボンのポケットから一枚の紙きれをとり出した。詩人からの哀れな手紙であった。

――きのうの晩、喀血しました。無心を申してすみません。二千円ほど貸して下さい。治ったらきっとお返しします。いま動けないので、悪しからず。

家内は急いで支度をして、子供といっしょに出かけて行った。とりあえず医者を呼び、子供にうどんを御馳走し、三千円置いて来た。いままでに貸したお金のことなど、言っている場合ではなかったのだ。

「山名さんが悪いのよ。何もかも滅茶苦茶だわ。子供が一番かわいそう……」

帰ってくると、眉にふかく皺をよせて、家内は苦しそうに頭を振った。

それから二日目のおひる前、山名の弟がやって来た。子供を五人も六人も続けざまに産んで置いて、漫画みたいな詩を書いている、兄よりももっと怠惰な、兵隊帰りの弟だった。慇懃鄭重に帽子をとって、ゆっくりと私に挨拶した。

「あの、お知らせにあがりました。英之介君が死にました」

私も家内もわかっていた。予期していたというのではないが、意外な気持はしなかった。しかし、子供が一緒だった。山名は自殺したのだった。弟は事情を説明してから、やがて四角張った口調で言った。

「まことに恐れ入りますが、兄の葬式代を貸して頂けないでしょうか」

私はどこまでも被害者だった。死んだあとまで被害者だった。私はもうあきらめていた。被害もこれが最後だろう。二人のあいだの友情は、一方的な流れであった。山名が私にどれだけの友情をもっていたのか、聞いたこともないし、私には解らないが、最後まで私は友達だった。そのことに私は慰められた。

子供がお使いにやって来て、私の家内が見舞いに行った、あの時のお金で山名親子は、夜になると鰻弁当を取りよせて、最後の晩餐をしたらしかった。母にすてられた子供のために、詩人は卓上に蠟燭を立てて、童話のような饗宴をひらいてやった。彼等の死後まで蠟燭は冷たく机の上に立っていた。

夜半かまたは夜のあけ方に、彼はサイダーに毒薬を投じて、子供に飲ませてやったのだ。いつにない父の優しさに、子供は喜んで飲んだであろう。山名はその子が死に切るまで、子供の苦しむ姿を見ていた。閉め切った汚ない部屋のなかで、髪は額にくずれかかり、痩せさらばえて、青い顔をして、落ちくぼんだ大きな眼ばかりぎらぎらと光っている、河童のような一人の自由詩人が、自分の子供の死に絶える様を、声もなく見つめていた情景は、想像するだけでも肌が冷えた。山名はおよそ二時間後に、おなじサイダーに毒を入れて、ソクラテスのように自殺した。自由の果てに、そのような孤独と破滅とがあったのだ。

短い遺書がのこっていた。子供の画用紙に鉛筆で六行ばかり書いてあった。詩を書くだけのゆとりが無くて、とぎれとぎれの散文だった。


「信仰と無知とは同じかも知れない。毒を飲ませた父にむかって、この子は救いを求めたのです。

こんな馬鹿なことがあるでしょうか。

この子にとって私は神でした。

神であることに私は耐え切れない。……」

鉛筆がそこで折れていた。折れた時が山名の命の終りだった。彼の死顔は清潔で、あまり苦しんだ跡はなかった。小さな骸が彼のそばに、寄り添うようにして横たわっていた。それはあたかも、殺されてもなお父を信じ、父にとりすがろうとしているようであった。父の顔には孤独があった。子供に詫びている苦しさがあった。彼は五十年の生涯を通して、もっとも神から遠いところに住み、愚劣な人生のたのしみにひたり、逆説をもてあそび無秩序をよろこび、我儘勝手に自由に暮して来た。そして最後に彼自身が、絶対なる父であり子供の神であることを見せられた。彼にとってはその事が、一番大きな絶望であったかも知れない。自分がそんなことになろうとは、予期していなかったに違いないのだ。

葬式は静かだった。山名の二番目の妻が亡くなった時の、彼の詩を私は思いだしていた。あたかもおなじ盛夏である。葬送曲は蟬がうたってくれた。（松並木の上から灰色の煙突が見えてくる　それがあなたの終りです。……）ちかづいて来る火葬場の煙突を見ると、私の家内は咽(むせ)びあげて泣いた。私も泣いた。ただの感傷であっただろうか。

〔1956（昭和31）年3月「別冊文藝春秋」初出〕

P+D BOOKS ラインアップ

白い手袋の秘密	瀬戸内晴美	●「女子大生・曲愛玲」を含むデビュー作品集
耳学問・尋三の春	木山捷平	●ユーモアと詩情に満ちた佳品13篇を収録
青春放浪	檀一雄	●小説家になる前の青春自伝放浪記
風祭	八木義德	●肉親との愛憎の葛藤の歳月を紡ぐ連作集
女のいる自画像	川崎長太郎	●私小説作家が語る様々な女たちとの交情
イサムよりよろしく	井上ひさし	●戦時下の市井の人々の暮らしを日記風に綴る

P+D BOOKS ラインアップ

草を褥に　小説 牧野富太郎	大原富枝	●植物学者牧野富太郎と妻寿衛子の足跡を描く
小説 新子	時実新子	●情念川柳の作り手・時実新子の半生記
青玉獅子香炉	陳 舜臣	●自作の玉器を探し求める工芸師の執念を描く
貝がらと海の音	庄野潤三	●金婚式間近の老夫婦の穏やかな日々を描く
せきれい	庄野潤三	●〝夫婦の晩年シリーズ〟第三弾作品
庭のつるばら	庄野潤三	●当たり前にある日常の情景を丁寧に描く

P+D BOOKS ラインアップ

お守り・軍国歌謡集　山川方夫　●「短編の名手」が都会的作風で描く11編

天上の花・蕁麻の家　萩原葉子　●萩原朔太郎の娘が描く鮮烈なる代表作2篇

父・萩原朔太郎　萩原葉子　●没後80年。娘が語る不世出の詩人の真実

筏　外村繁　●江戸末期に活躍する近江商人たちを描く

但馬太郎治伝　獅子文六　●国際的大パトロンの生涯と私との因縁を描く

無妙記　深澤七郎　●ニヒルに浮世を見つめる筆者珠玉の短編集

P+D BOOKS ラインアップ

魔法のランプ　澁澤龍彦
●澁澤龍彦が晩年に綴ったエッセイ29編を収録

悪魔のいる文学史　澁澤龍彦
●澁澤龍彦が埋もれた異才を発掘する文学史

ベトナム報道　日野啓三
●一人の特派員 は戦地で〝何〟を見たのか

夜風の縺れ　色川武大
●単行本未収録の39編と未発表の「日記」収録

神坂四郎の犯罪　石川達三
●犯罪を通して人間のエゴをつく心理社会劇

天の歌 小説 都はるみ　中上健次
●現代の歌姫に捧げられた半生記的実名小説

（お断り）

本書は1958年に新潮社より発刊された文庫を底本としております。あきらかに間違いと思われるものについては訂正いたしましたが、基本的には底本にしたがっております。また、一部の固有名詞や難読漢字には編集部で振り仮名を振っています。

本文中には未亡人、女給、看護婦、情婦、妾、乞食、不具、共かせぎ、痴呆、片輪、女中、番頭、闇屋、屑屋、消防夫、紅毛人、色盲、日雇人夫、片ちんば、外人などの言葉や人種・身分・職業・身体等に関する表現で、現在からみれば、不当、不適切と思われる箇所がありますが、著者に差別的意図のないこと、時代背景と作品価値とを鑑み、著者が故人でもあるため、原文のままにしております。

差別や侮蔑の助長、温存を意図するものでないことをご理解ください。

石川 達三（いしかわ たつぞう）
1905（明治38）年７月２日―1985（昭和60）年１月31日、享年79。秋田県出身。1935年『蒼氓』で第１回芥川賞受賞。代表作に『人間の壁』『青春の蹉跌』など。

P+D BOOKS とは

P+D BOOKS（ピー プラス ディー ブックス）とは
P+Dとはペーパーバックとデジタルの略称です。
後世に受け継がれるべき名作でありながら、現在入手困難となっている作品を、
B6判ペーパーバック書籍と電子書籍を、同時かつ同価格で発売・発信する、
小学館のまったく新しいスタイルのブックレーベルです。

神坂四郎の犯罪

2023年7月18日　初版第1刷発行

著者　石川達三
発行人　石川和男
発行所　株式会社　小学館
〒101-8001
東京都千代田区一ツ橋2-3-1
電話　編集　03-3230-9355
販売　03-5281-3555
印刷所　大日本印刷株式会社
製本所　大日本印刷株式会社
装丁　おおうちおさむ　山田彩純
（ナノナノグラフィックス）

ISBN978-4-09-352467-4

P+D BOOKS